中国20世纪
名家散文经典

周作人◎著

林非◎主编

周作人（1885—1967），原名栅寿，字□□，浙江□人，鲁迅二弟。五四时期任新潮社主任，□参加《□年》□□□□□□□学研究会□□中的理论和创□□□□□□影响，成为□□运动的重要作□□□□□□□□□□《语丝》周刊的主编和主要撰□□□□□□□□□□□
1941□□□□□□□□□年出□，后在北京，在人民□□□□□□□□学作品的翻译和写作有关回忆□□□□□□□□□□"文革"中遭□冲击，于967年5□□□□□□□□□"自己的园□"《雨天的书》《鲁迅的故乡》等，译有《日本狂言选》《伊□□》《欧里庇得斯悲剧集》等。

将雅趣与野趣融合，提炼而成的闲适中和的艺术真趣，是周作人散文的个性和灵魂。

陕西新华出版

太白文艺出版社·西安

图书在版编目（CIP）数据

周作人散文集 / 周作人著. -- 西安：太白文艺出版社，2016.3（2024.5重印）
（中国20世纪名家散文经典 / 林非主编）
ISBN 978-7-5513-0882-3

Ⅰ. ①周… Ⅱ. ①周… Ⅲ. ①散文集－中国－现代 Ⅳ. ①I266

中国版本图书馆CIP数据核字(2016)第004505号号

周作人散文集
ZHOU ZUOREN SANWENJI

作　　者	周作人
主　　编	林非
责任编辑	王大伟　荆红娟　张　笛
整体设计	和兴文化
出版发行	太白文艺出版社
经　　销	新华书店
印　　刷	三河市嵩川印刷有限公司
开　　本	700mm×960mm　1/16
字　　数	176千字
印　　张	11
版　　次	2016年3月第1版
印　　次	2024年5月第2次印刷
书　　号	ISBN 978-7-5513-0882-3
定　　价	42.80元

版权所有　翻印必究
如有印装质量问题，可寄出版社印制部调换
联系电话：029-81206800
出版社地址：西安市曲江新区登高路1388号（邮编：710061）
营销中心电话：029-87277748　029-87217872

主　编　林　非
副主编　陈华昌
编　委　（以姓氏笔画为序）
　　　　王湜华　乔继堂
　　　　刘应争　张品兴
　　　　苏　冰　李晓丽
　　　　惠西平

中国 20 世纪名家散文经典

目 录

祖先崇拜　1
思想革命　3
美文　5
天足　6
一个乡民的死　7
山中杂信　9
三个文学家的纪念　18
自己的园地　21
初恋　23
情诗　25
《镜花缘》　28
寻路的人　31
北京的茶食　33
故乡的野菜　35
苦雨　37
沉默　40
若子的病　42
唁辞　45
代快邮　47
乌篷船　50

上海气 52

谈酒 54

闲话四则 57

两个鬼 60

闭户读书论 62

金鱼 64

志摩纪念 67

关于苦茶 70

北平的春天 73

北平的好坏 76

自己的文章 80

《旧约》与恋爱诗 84

新希腊与中国 86

文艺上的宽容 89

国粹与欧化 91

贵族的与平民的 94

《沉沦》 96

文艺与道德 99

关于儿童的书 104

致溥仪君书 107

生活之艺术 110

我们的敌人 113

死之默想 115

日本与中国 118

抱犊谷通信 121

论作鸡蛋糕 124

关于三月十八日的死者 127

中国 20 世纪名家散文经典

新中国的女子 130

乡村与道教思想 134

死法 138

偶感 141

妇女问题与东方文明等 145

三礼赞 148

中年 155

论八股文 158

关于命运 162

《我的杂学》结语 166

中国20世纪名家散文经典

祖先崇拜

　　远东各国都有祖先崇拜这一种风俗。现今野蛮民族多是如此,在欧洲古代也已有过。中国到了现在,还保存这部落时代的蛮风,实是奇怪。据我想,这事既于道理上不合、又于事实上有害,应该废去才是。

　　第一,祖先崇拜的原始的理由,当然是本于精灵信仰。原人思想,以为万物都有灵的,形体不过是暂时的住所。所以人死之后仍旧有鬼,存留于世上,饮食起居还同生前一样。这些资料须由子孙供给,否则便要触怒死鬼,发生灾祸,这是祖先崇拜的起源。现在科学昌明,早知道世上无鬼,这骗人的祭献礼拜当然可以不作了。这宗风俗,令人废时光,费钱财,很是有损,而且因为接香烟吃羹饭的迷信,许多男人往往借口于"不孝有三,无后为大"的谬说,买妾蓄婢,败坏人伦,实在是不合人道的坏事。

　　第二,祖先崇拜的稍为高上的理由,是说"报本返始"。他们说:"你试思身从何来?父母生了你,乃是昊天罔极之恩,你那可不报答他?"我想这理由不甚充足。父母生了儿子,在儿子并没有什么恩,在父母反是一笔债。我不信世上有一部经典,可以千百年来当人类的教训的,只有记载生物的生活现象的Biologie(生物学)才可供我们参考,定人类行为的标准。在自然律上面,的确是祖先为子孙而生存,并非子孙为祖先而生存的。所以父母生了子女,便是他们(父母)的义务开始的日子,直到子女成人才止。世俗一般称孝顺的儿子是还债的,但据我想,儿子无一不是讨债的,父母倒是还债——生他的债——的人。待到债务清了,本来已是"两讫";但究竟是一体的关系,有天性之爱,互相联系住,所以发生一种终身的亲善的情谊。至于恩这一个字,实是无从说起,倘说真是体会自然的规律,要报生我者的恩,那便应该更加努力作人,使自己比父母更好,切实履行自己的义务——对于子女的债务——使子女比自己更好,才是正当办法,倘若一味崇拜祖先,想望作古人,自羲皇上溯盘古时代以至类人猿时代,这样的作人法,在自然律上,明明是倒行逆施,决不可许的了。

我最厌听许多人说,"我国开化最早""我祖先文明什么样"。开化的早,或古时有过一点文明,原是好的。但何必那样崇拜,仿佛人的一生事业,除恭维我祖先之外,别无一事似的。譬如我们走路,目的是在前进。过去的这几步,原是我们前进的始基,但总不必站住了,回过头去,指点着说好,反误了前进的正事。因为再走几步,还有更好的正在前头呢!有了古时的文化,才有现在的文化,有了祖先,才有我们。但倘如古时文化永远不变,祖先永远存在,那便不能有现在的文化和我们了。所以我们所感谢的,正因为古时文化来了又去,祖先生了又死,能够留下现在的文化和我们——现在的文化,将来也是来了又去,我们也是生了又死,能够留下比现时更好的文化和比我们更好的人。

我们切不可崇拜祖先,也切不可望子孙崇拜我们。

尼采说:"你们不要爱祖先的国,应该爱你们子孙的国。……你们应该将你们的子孙,来补救你们自己为祖先的子孙的不幸。你们应该这样救济一切的过去。"所以我们不可不废去祖先崇拜,改为自己崇拜——子孙崇拜。

一九一九年三月

中国 20 世纪名家散文经典

思想革命

近年来文学革命的运动渐见功效,除了几个讲"纲常名教"的经学家,同作"鸳鸯瓦冷"的诗余家以外,颇有人认为正当,在杂志及报章上面,常常看见用白话作的文章,白话在社会上的势力,日见盛大,这是很可乐观的事。

但我想文学这事物本合文字与思想两者而成,表现思想的文字不良,固然足以阻碍文学的发达,若思想本质不良,徒有文字,也有什么用处呢?我们反对古文,大半原为它晦涩难解,养成国民笼统的心思,使得表现力与理解力都不发达,但别一方面,实又因为它内中的思想荒谬,于人有害的缘故。这宗儒道合成的不自然的思想,寄寓在古文中间,几千年来,根深蒂固,没有经过廓清,所以这荒谬的思想与晦涩的古文,几乎已融合为一,不能分离。我们随手翻开古文一看,大抵总有一种荒谬思想出现。便是现代的人作一篇古文,既然免不了用几个古典熟语,那种荒谬思想已经渗进了文字里面去了,自然也随处出现。譬如署年月,因为民国的名称不古,写作"春王正月"固然有宗社党气味,写作"己未孟春",又像遗老。如今废去古文,将这表现荒谬思想的专用器具撤去,也是一种有效的办法。但他们心里的思想,恐怕终于不能一时变过,将来老瘾发时,仍旧胡说乱道的写了出来,不过从前是用古文,此刻用了白话罢了。话虽容易懂了,思想却仍然荒谬,仍然有

害。好比"君师主义"的人，穿上洋服，挂上维新的招牌，难道就能说实行民主政治？这单变文字不变思想的改革，也怎能算是文学革命的完全胜利呢？

　　中国怀着荒谬思想的人，虽然平时发表他的荒谬思想，必用所谓古文，不用白话，但他们嘴里原是无一不说白话的。所以如白话通行，而荒谬思想不去，仍然未可乐观，因为他们用从前作过《圣谕广训直解》的办法，也可以用了支离的白话来讲古怪的纲常名教。他们还讲三纲，却叫作"三条索子"，说"老子是儿子的索子，丈夫是妻子的索子"，又或仍讲复辟，却叫作"皇帝回任"。我们岂能因他们所说是白话，比那四六调或桐城派的古文更加看重呢？譬如有一篇提倡"皇帝回任"的白话文，和一篇"非复辟"的古文并放在一处，我们说那边好呢？我见中国许多淫书都用白话，因此想到白话前途的危险。中国人如不真是"洗心革面"的改悔，将旧有的荒谬思想弃去，无论用古文或白话文，都说不出好东西来。就是改学了德文或世界语，也未尝不可以拿来作"黑幕"，讲忠孝节烈，发表他们的荒谬思想。倘若换汤不换药，单将白话换出古文，那便如上海书店的译《白话论语》，还不如不作的好。因为从前的荒谬思想，尚是寄寓在晦涩的古文中间，看了中毒的人，还是少数，若变成白话，便通行更广，流毒无穷了。所以我说，文学革命上，文字改革是第一步，思想改革是第二步，却比第一步更为重要。我们不可对于文字一方面过于乐观了，闲却了这一面的重大问题。

一九一九年三月

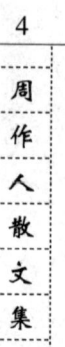

美文

外国文学里有一种所谓论文,其中大约可以分作两类。一批评的,是学术性的。二记述的,是艺术性的,又称作美文,这里边又可以分出叙事与抒情,但也很多两者夹杂的。这种美文似乎在英语国民里最为发达,如中国所熟知的爱迪生,兰姆,欧文,霍桑诸人都作有很好的美文,近时高尔斯威西,吉欣,契斯透顿也是美文的好手。读好的论文,如读散文诗,因为他实在是诗与散文中间的桥。中国古文里的序,记与说等,也可以说是美文的一类。但在现代的国语文学里,还不曾见有这类文章,治新文学的人为什么不去试试呢?我以为文章的外形与内容,的确有点关系,有许多思想,既不能作为小说,又不适于作诗(此只就体裁上说,若论性质则美文也是小说,小说也就是诗,《新青年》上库普林作的《晚间的来客》,可为一例),便可以用论文式去表他。他的条件,同一切文学作品一样,只是真实简明便好。我们可以看了外国的模范作去,但是须用自己的文句与思想,不可去模仿他们。

《晨报》上的浪漫谈,以前有几篇倒有点相近,但是后来(恕我直说)落了窠臼,用上多少自然现象的字面,衰弱的感伤的口气,不大有生命了。我希望大家卷土重来,给新文学开辟出一块新的土地来,岂不好么?

一九二一年五月

天足

  我最喜见女人的天足。——这句话我知道有点语病,要挨性急的人的骂。评头品足,本是中国恶少的恶习,只有帮闲文人像李笠翁那样的人,才将买女人时怎样看脚的法门,写到《闲情偶寄》里去。但这实在是我说颠倒了。我的意思是说,我最嫌恶缠足!

  近来虽然有学者说,西妇的"以身殉美观"的束腰,其害甚于缠足,但我总是固执己见,以为以身殉丑观的缠足终是野蛮。我时常兴高采烈的出门去,自命为文明古国的新青年,忽然的当头来了一个一蹺一拐的女人,于是乎我的自己以为文明人的想头,不知飞到那里去了。倘若她是老年,这表明我的叔伯辈是喜欢这样丑观的野蛮;倘若年青,便表明我的兄弟辈是野蛮;总之我的不能免为野蛮,是确定的了。这时候仿佛无形中她将一面盾牌,一枝长矛,恭恭敬敬的递过来,我虽然不愿意受,但也没有话说,只能也恭恭敬敬的接收,正式的受封为什么社的生番。我每次出门,总要受到几副牌矛,这实在是一件不大愉快的事。唯有那天足的姊妹们,能够饶恕我这种荣誉,所以我说上面的一句话,表示喜悦与感激。

一九二一年八月

中国20世纪名家散文经典

一个乡民的死

我住着的房屋后面,广阔的院子中间,有一座罗汉堂。他的左边略低的地方是寺里的厨房,因为此外还有好几个别的厨房,所以特别称他作大厨房。从这里穿过,出了板门,便可以走出山上。浅的溪坑底里的一点泉水,沿着寺流下来,经过板门的前面。溪上架着一座板桥。桥边有两三棵大树,成了凉棚,便是正午也很凉快,马夫和乡民们常常坐在这树下的石头上,谈天休息着。我也朝晚常去散步。适值小学校的暑假,丰一到山里来,住了两礼拜,我们大抵同去,到溪坑底里去捡圆的小石头,或者立在桥上,看着溪水的流动。马夫的许多驴马中间,也有带着小驴的母驴,丰一最爱去看那小小的可爱而且又有点呆相的很长的脸。

大厨房里一总有多少人,我不甚了然。只是从那里出入的时候,在有一匹马转磨的房间的一角里,坐在大木箱的旁边,用脚踏着一枝棒,使箱内扑扑作响的一个男人,却常常见到。丰一教我道,那是寺里养那两匹马的人,现在是在那里把马所磨的麦的皮和粉分作两处呢。他大约时常独自去看寺里的马,所以和那男人很熟习,有时候还叫他,问他各种的小孩子气的话。

这是旧历的中元那一天,给我作饭的人走来对我这样说:大厨房里有一个病人很沉重了。一个月以前还没有什么,时

时看见他出去买东西。旧历六月底说有点不好,到十多里外的青龙桥地方,找中医去看病。但是没有效验,这两三天倒在床上,已经起不来了。今天在寺里作工的木匠把旧板拼合起来,给他作棺材。这病好像是肺病。在他床边的一座现已不用了的旧灶里,吐了许多的痰,满灶都是苍蝇。他说了又劝告我,往山上去须得走过那间房的旁边,所以现在不如暂时不去的好。

我听了略有点不舒服。便到大殿前面去散步,觉得并没有想上山去的意思,至今也还没有去过。

这天晚上寺里有焰口施食。方丈和别的两个和尚咒念,方丈的徒弟敲钟鼓。我也想去一看,但又觉得麻烦,终于中止了,早早的上床睡了。半夜里忽然醒过来,听见什么地方有铙钹的声音,心里想道,现在正是送鬼,那么施食也将完了吧,以后随即睡着了。

早饭吃了之后,作饭的人又来通知,那个人终于在清早死掉了。他又附加一句道:"他好像是等着棺材的作成呢。"

怎样的一个人呢?或者我曾经见过也未可知,但是现在不能知道了。

他是个独身,似乎没有什么亲戚。由寺里给他收拾了,便在上午在山门外马路旁的田里葬了完事。

在各种的店里,留下了好些的欠账。面店里便有一元余,油酱店一处大约将近四元。店里的人听见他死了,立刻从账簿上把这一页撕下烧了,而且又拿了纸钱来,烧给死人。木匠的头儿买了五角钱的纸钱烧了。住在山门外低的小屋里的老婆子们,也有拿了一点点的纸钱来吊他的。我听了这话,像平常一样的,说这是迷信,笑着将它抹杀的勇气也没有了。

一九二一年八月三十日作

中国20世纪名家散文经典

山中杂信

一

伏园兄：

　　我已于本月初退院，搬到山里来了。香山不很高大，仿佛只是故乡城内的卧龙山模样，但在北京近郊，已经要算是很好的山了。碧云寺在山腹上，地位颇好，只是我还不曾到外边去看过，因为须等医生再来诊察一次之后，才能决定可以怎样行动，而且又是连日下雨，连院子里都不能行走，终日只是起卧屋内罢了。大雨接连下了两天，天气也就颇冷了。般若堂里住着几个和尚们，买了许多香椿干，摊在芦席上晾着，这两天的雨不但使它不能干燥，反使它更加潮湿。每从玻璃窗望去，看见廊下摊着湿漉漉的深绿的香椿干，总觉得对于这班和尚们心里很是抱歉似的——虽然下雨并不是我的缘故。

　　般若堂里早晚都有和尚作功课，但我觉得并不烦扰，而且于我似乎还有一种清醒的力量。清早和黄昏时候的清澈的磬声，仿佛催促我们无所信仰，无所皈依的人，拣定一条道路精进向前。我近来的思想动摇与混乱，可谓已至其极了，托尔斯泰的无我爱与尼采的超人，共产主义与善种学，耶佛孔老的教训与科学的例证，我都一样的喜欢尊重，却又不能调和统一起

来,造成一条可以行的大路。我只将这各种思想,凌乱的堆在头里,真是乡间的杂货原料店了。——或者世间本来没有思想上的"国道",也未可知,这件事我常常想到,如今听他们作功课,更使我受了刺激,同他们比较起来,好像上海许多有国籍的西商中间,夹着一个"无领事管束"的西人。至于无领事管束,究竟是好是坏,我还想不明白。不知你以为何如?

寺内的空气并不比外间更为和平。我来的前一天,般若堂里的一个和尚,被方丈差人抓去,说他偷寺内的法物,先打了一顿,然后捆送到城内什么衙门去了。究竟偷东西没有,是别一个问题,但是吊打恐总非佛家所宜。大约现在佛徒的戒律,也同"儒业"的三纲五常一样,早已成为具文了。自己即使犯了永为弃物的波罗夷罪,并无妨碍,只要有权力,便可以处置别人,正如护持名教的人却打他的老父,世间也一点都不以为奇。我们厨房的间壁,住着两个卖汽水的人,也时常吵架。掌柜的回家去了,只剩了两个年少的伙计,连日又下雨,不能出去摆摊,所以更容易争闹起来。前天晚上,他们都不愿意烧饭,互相推诿,始而相骂,终于各执灶上用的铁通条,打仗两次。我听他们叱咤的声音,令我想起《三国志》及《劫后英雄略》等书里所记的英雄战斗或比武时的威势,可是后来战罢,他们两个人一点都不受伤,更是不可思议了,从这两件事看来,你大略可以知道这山上的战氛罢。

因为病在右肋,执笔不大方便,这封信也是分四次写成的。以后再谈吧。

一九二一年六月五日

二

近日天气渐热,到山里来住的人也渐多了。对面的那三间屋,已于前日租去,大约日内就有人搬来。般若堂两旁的厢房,本是"十方堂",这块大木牌还挂在我的门口。但现在都已租给人住,以后有游方僧来,除了请到罗汉堂去打坐以外,没有别的地方可以挂单了。

三四天前大殿里的小菩萨,失少了两尊,方丈说是看守大殿的和尚偷卖给游客了,于是又将他捆起来,打了一顿,但是这回不曾送官,因为次晨我又听见他在后堂敲那大木鱼了(前回被捉去的和尚,已经出来,搬到别的寺里去了)。当时我正翻阅《诸经要集》六度部的忍辱篇,道世大师在述意缘内说

道:"……岂容微有触恼,大生瞋恨,乃至角眼相看,恶声厉色,遂加杖木,结恨成怨。"看了不禁苦笑。或者丛林的规矩,方丈本来可以用什么棍子打人,但我总觉得有点矛盾。而且如果真照规矩办起来,恐怕应该挨打的却还不是这个所谓偷卖小菩萨的和尚呢。

山中苍蝇之多,真是"出人意表之外"。每到下午,在窗外群飞,嗡嗡作声,仿佛是蜜蜂的排衙。我虽然将风门上糊了冷布,紧紧关闭,但是每一出入,总有几个混进屋里来。各处桌上摊着苍蝇纸,另外又用了棕丝制的蝇拍追着打,还是不能绝灭。英国诗人勃来克有《苍蝇》一诗,将蝇来与无常的人生相比;日本小林一茶的俳句道:"不要打那!那苍蝇搓他的手,搓他的脚呢。"我平常都很是爱念,但在实际上却不能这样的宽大了。一茶又有一句俳句,序云:

> 捉到一个虱子,将他掐死固然可怜,要把他舍在门外,让他绝食,也觉得不忍;忽然的想到我佛从前给与鬼子母的东西①,成此。
> 虱子呵,放在和我味道一样的石榴上爬着。

《四分律》云:"时有老比丘拾虱弃地,佛言不应,听以器盛若绵拾著中。若虱走出,应作筒盛;若虱出筒,应作盖塞。随其寒暑,加以腻食将养之。"一茶是诚信的佛教徒,所以也如此简,不过用石榴喂他却更妙了。这种殊胜的思想,我也很以为美,但我的心底里有一种矛盾,一面承认苍蝇是与我同具生命的众生之一,但一面又总当它是脚上带着许多有害的细菌,在头上面上爬的痒痒的,一种可恶的小虫,心想除灭他。这个情与知的冲突,实在是无法调和,因为我笃信"赛老先生"的话,但也不想拿了他的解剖刀去破坏诗人的美的世界,所以在这一点上,大约只好甘心且作蝙蝠派罢了。

对于时事的感想,非常纷乱,真是无从说起,倒还不如不说也吧。

六月二十三日

---

① 日本传说,佛降服鬼子母神,给与石榴实食之,以代人肉,因榴实味酸甜似人肉云。据《鬼子母经》说,她后来变了生育之神,这石榴大约只是多子的象征罢了。

三

　　我在第一信里,说寺内战氛很盛,但是现在情形却又变了。卖汽水的一个战士,已经下山去了。这个缘因,说来很长。前两回礼拜日游客很多,汽水卖了十多块钱一天,方丈知道了,便叫他们从形势最好的那"水泉"旁边撤退,让他自己来卖。他们只准在荒凉的塔院下及门口去摆摊,生意便很清淡,掌柜的于是实行减政,只留下了一个人作帮手——这个伙计本是作墨盒的,掌柜自己是泥水匠。这主从两人虽然也有时争论,但不至于开起仗来了。方丈似乎颇喜欢吊打他属下的和尚,不过他的法庭离我这里很远,所以并未直接受到影响。此外偶然和尚们喝醉了高粱,高声抗辩,或者为了金钱胜负稍有纠葛,都是随即平静,算不得什么大事。因此般若堂里的空气,近来很是长闲逸豫,令人平矜释躁。这个情形可以意会,不易言传,我如今举出一件琐事来作个象征,你或者可以知其大略。我们院子里,有一群鸡,共五六只,其中公的也有,母的也有。这是和尚们共同养的呢,还是一个人的私产,我都不知道。他们白天里躲在紫藤花底下,晚间被盛入一只小口大腹,像是装香油用的藤篓里面。这篓子似乎是没有盖的,我每天总看见他在柏树下仰天张着口放着。夜里酉戌之交,和尚们擂鼓既罢,各去休息,篓里的鸡便怪声怪气的叫起来。于是禅房里和尚们的"唆,唆——"之声,相继而作。这样以后,篓里与禅房里便复寂然,直到天明,更没有什么惊动。问是什么事呢?答说有黄鼠狼来咬鸡。其实这小口大腹的篓子里,黄鼠狼是不会进去的,倘若掉了下去,他就再也逃不出来了。大约他总是未能忘情,所以常来窥探,不过聊以快意罢了。倘若篓子上加上一个盖——虽然如上文所说,即使无盖,本来也很安全——也便可以省得他的窥探。但和尚们永远不加盖,黄鼠狼也便永远要来窥探,以致"三日两头"的引起夜中篓里与禅房里的驱逐。这便是我所说的长闲逸豫的所在。我希望这一节故事,或者能够比那四个抽象的字说明的更多一点。

　　但是我在这里不能一样的长闲逸豫,在一日里总有一个阴郁的时候,这便是下午清华园的邮差送报来后的半点钟。我的神经衰弱,易于激动,病后更甚,对于略略重大的问题,稍加思索,便很烦躁起来,几乎是发热状态,因此平常十分留心避免。但每天的报里,总是充满着不愉快的事情,见了不免要起烦恼。或者说,既然如此,不看岂不好么?但我又舍不得不看,好像身

上有伤的人,明知触着是很痛的,但有时仍是不自禁的要用手去摸,感到新的剧痛,保留他受伤的意识。但苦痛究竟是苦痛,所以也就赶紧丢开,去寻求别的慰解。我此时放下报纸,努力将我的思想遣发到平常所走的旧路上去——回想近今所看书上的大乘菩萨布施忍辱等六度难行,净土及地狱的意义,或者去搜求游客及和尚们(特别注意于方丈)的轶事。我也不愿再说不愉快的事,下次还不如仍同你讲他们的事情吧。

六月二十九日

四

近日因为神经不好,夜间睡眠不足,精神很是颓唐,所以好久没有写信,也不曾作诗了。诗思固然不来,日前到大殿后看了御碑亭,更使我诗兴大减。碑亭之北有两块石碑,四面都刻着乾隆御制的律诗和绝句。这些诗虽然很讲究的刻在石上。壁上还有宪兵某君的题词,赞叹他说:"天命乃有移,英风殊难泯!"但我看了不知怎的联想到那塾师给冷于冰看的草稿,将我的创作热减退到近于零度。我以前病中忽发野心,想作两篇小说,一篇叫《平凡的人》,一篇叫《初恋》;幸而到了现在还不曾动手。不然,岂不将使《馍馍赋》不但无独而且有偶么?

我前回答应告诉你游客的故事,但是现在也未能践约,因为他们都从正门出入,很少到般若堂里来的。我看见从我窗外走过的游客,一总不过十多人。他们却有一种公共的特色,似乎都对于植物的年龄颇有趣味。他们大抵问和尚或别人道:"这藤萝有多少年了?"答说:"这说不上来。"便又问:"这柏树呢?"至于答案,自然仍旧是"说不上来"了。或者不问柏树的,也要问槐树,其余核桃石榴等小树,就少有人注意了。我常觉得奇异,他们既然如此热心,寺里的人何妨就替各棵老树胡乱定出一个年岁,叫和尚们照样对答,或者写在大木板上,挂在树下,岂不一举两得么?

游客中偶然有提着鸟笼的,我看了最不喜欢。我平常有一种偏见,以为作不必要的恶事的人,比为生活所迫,不得已而作恶者更为可恶;所以我憎恶蓄妾的男子,比那卖女为妾——因贫穷而吃人肉的父母,要加几倍。对于提鸟笼的人的反感,也是出于同一的源流。如要吃肉,便吃罢了(其实飞鸟的肉,于养生上也并非必要);如要赏鉴,在它自由飞鸣的时候,可以尽量的

看或听,何必关在笼里,擎着走呢?我以为这同喜欢缠足一样的是痛苦的赏玩,是一种变态的残忍的心理。贤首于《梵网戒疏》盗戒下注云:"善见云,盗空中鸟,左翅至右翅,尾至头,上下亦尔,俱得重罪。准此戒,纵无主,鸟身自为主,盗皆重也。"鸟身自为主——这句话的精神何等博大深厚,然而又岂是那些提鸟笼的朋友所能了解的呢?

《梵网经》里还有几句话,我觉得也都很好。如云:"若佛子,故食肉——一切肉不得食。——断大慈悲性种子,一切众生见而舍去。"又云:"一切男子是我父,一切女子是我母,我生生无不从之受生,故六道众生皆我父母。而杀而食者,即杀我父母,亦杀我故身:一切地水,是我先身;一切火风,是我本体。……"我们现在虽然不能再相信六道轮回之说,然而对于这普亲观平等观的思想,仍然觉得他是真而且美。英国勃来克的诗:

  被猎的兔每一声叫,
  撕掉脑里的一枝神经;
  云雀被伤在翅膀上,
  一个天使止住了歌唱。

这也是表示同一的思想。我们为自己养生计,或者不得不杀生,但是大慈悲性种子也不可不保存。所以无用的杀生与快意的杀生,都应该避免的。譬如吃醉虾,这也罢了;但是有人并不贪他的鲜味,只为能够将半活的虾夹住,直往嘴里送,心里想道"我吃你!"觉得很快活。这是在那里尝得胜快心的滋味,并非真是吃食了。《晨报》杂感栏里曾登过松年先生的一篇《爱》,我很以他所说的为然。但是爱物也与仁人很有关系,倘若断了大慈悲性种子,如那样吃醉虾的人,于爱人的事也恐怕不大能够圆满的了。

七月十四日

五

近日天气很热,屋里下午的气温在九十度以上。所以一到晚间,般若堂里在院子里睡觉的人,总有三四人之多。他们的睡法很是奇妙。因为蚊子白蛉要来咬,于是便用棉被没头没脑的盖住。这样一来,固然再也不怕蚊子

们的勒索，但是露天睡觉的原意也完全失掉了。要说是凉快，却蒙着棉被；要说是通气，却将头直钻到被底下去。那么同在热而气闷的屋里睡觉，还有什么区别呢？有一位方丈的徒弟，睡在藤椅上，挂了一顶洋布的帐子，我以为是防蚊用的了，岂知四面都是悬空，蚊子们如能飞近地面一二尺，仍旧是可以进去的，他的帐子只能挡住从上边掉下来的蚊子罢了。这些奥妙的办法，似乎很有一种禅味，只是我了解不来。

我的行踪，近来已经推广到东边的"水泉"。这地方确是还好，我于每天清早，没有游客的时候，去倘佯一会，赏鉴那山水之美。只可惜不大干净，路上很多气味——因为陈列着许多《本草》上的所谓人中黄！我想中国真是一个奇妙的国，在那里人们不容易得到营养料，也没有方法处置他们的排泄物。我想象轩辕太祖初入关的时候，大约也是这样情形。但现在已经过了四千年之久了。难道这个情形真已支持了四千年，一点不曾改么？

水泉四面的石阶上，是天然疗养院附属的所谓洋厨房。门外生着一棵白杨树，树干很粗，大约直径有六七寸，白皮斑驳，很是好看。他的叶在没有什么大风的时候，也瑟瑟的响。仿佛是有魔术似的。古诗说："白杨多悲风，萧萧愁杀人。"非看见过白杨树的人，不大能了解它的趣味。欧洲传说云：耶稣钉死在白杨木的十字架上，所以这树以后便永远颤抖着。……我正对着白杨起种种的空想，有一个七八岁的小西洋人跟着宁波的老妈子走进洋厨房来。那老妈子同厨子讲着话的时候，忽然来了两个小广东人，各举起一只手来，接连的打小西洋人的嘴巴。他的两个小颊，立刻被打的通红了，但他却守着不抵抗主义，任凭他们打去。我的佣人看不过意，把他们隔开两回，但那两位攘夷的勇士又冲过去，寻着要打嘴巴。被打的人虽然忍受下去了，但他们把我刚才的浪漫思想也批到不知去向，使我切肤的感到现实的痛。——至于这两个小爱国者的行为，若由我批评，不免要有过激的话，所以我也不再说了。

我每天傍晚到碑亭下去散步，顺便恭读乾隆的御制诗；碑上共有十首，我至少总要读他两首。读之既久，便发生种种感想，其一是觉得语体诗发生的不得已与必要。御制诗中有这几句，如"香山适才游白社，越岭便以至碧云。"又"玉泉十丈瀑，谁识此其源。"似乎都不大高明。但这实在是旧诗的难作，怪不得皇帝。对偶呀，平仄呀，押韵呀，拘束得非常之严，所以便是奉天承运的真龙也挣扎他不过，只落得留下多少打油的痕迹在石头上面。倘若他生在此刻，抛了七绝五律不作，去作较为自由的新体诗，即使作的不好，也总不至于被人认为"哥罐闻焉嫂棒伤"的蓝本吧。但我写到这里,忽然想到《大江集》等几种名著,又觉得我所说的也未必尽然。大约用文言作"哥罐"的,用白话作来仍是"哥罐"——于是我又想起:一种疑问,这便是语体诗的"万应"的问题了。

七月十七日

六

　　好久不写信了。这个原因,一半因为你的出京,一半因为我的无话可说。我的思想实在混乱极了,对于许多问题都要思索,却又一样的没有归结,因此觉得要说的话虽多,但不知道怎样说才好。现在决心放任,并不硬去统一,姑且看书消遣,这倒也还罢了。

　　上月里我到香山去了两趟,都是坐了四人轿去的。我们在家乡的时候,知道四人轿是只有知县坐的,现在自己却坐了两回,也是"出于意表之外"的。我一个人叫他们四位扛着,似乎很有点抱歉,而且每人只能分到两角多钱,在他们实在也不经济;不知道为什么不减作两人呢?那轿杠是杉木的,走起来非常颠簸。大约坐这轿的总非有候补道的那样身材,是不大合宜的。我所去的地方是甘露旅馆,因为有两个朋友耽搁在那里,其余各处都不曾去。什么的一处名胜,听说是督办夫人住着,不能去了。我说,这是什么督办,参战和边防的督办不是都取消了么。答说是水灾督办。我记得四五年前天津一带确曾有过一回水灾,现在当然已经干了,而且连旱灾都已闹过了(虽然不在天津)。朋友说,中国的水灾是不会了的。黄河不是决口了么。这话的确不错,水灾督办诚然有存在的必要,而且照中国的情形看来,恐怕还非加入官制里去不可呢。

　　我在甘露旅馆买了一本《万松野人言善录》,这本书出了已经好几年,在我却是初次看见。我老实说,对于英先生的议论未能完全赞同,但因此引起我陈年的感慨,觉得要一新中国的人心,基督教实在是很适宜的。极少数的人能够以科学艺术或社会的运动去替代他宗教的要求,但在大多数是不可能的。我想最好便以能容受科学的一神教把中国现在的野蛮残忍的多神——其实是拜物教——打倒,民智的发达才有点希望。不过有两大条件,要紧紧的守住:其一是这新宗教的神切不可与旧的神的观念去同化。以致

变成一个西装的玉皇大帝;其二是切不可成造教阀,去妨害自由思想的发达。这第一第二的覆辙,在西洋历史上实例已经很多,所以非竭力免去不可。——但是,我们昏乱的国民久伏在迷信的黑暗里,既然受不住智慧之光的照耀,肯受这新宗教的灌顶么?不为传统所囚的大公无私的新宗教家,国内有几人呢?仔细想来,我的理想或者也只是空想;将来主宰国民的心的,仍旧还是那一班的鬼神妖怪吧!

  我的行踪既然推广到了寺外,寺内各处也都已走到,只剩那可以听松涛的有名的塔上不曾去。但是我平常散步,总只在御诗碑的左近或是弥勒佛前面的路上。这一段泥路来回可一百步,一面走着,一面听着阶下龙嘴里的潺湲的水声(这就是御制诗里的"清波绕砌湲"),倒也很有兴趣。不过这清波有时要不"湲",其时很是令人扫兴,因为后面有人把他截住了。这是谁作主的,我都不知道,大约总是有什么金鱼池的阔人们吧。他们要放水到池里去,便是汲水的人也只好等着,或是劳驾往水泉去,何况想听水声的呢!靠着这清波的一个朱门里,大约也是阔人,因为我看见他们搬来的前两天,有许多穷朋友头上顶了许多大安乐椅小安乐椅进去。以前一个绘画的西洋人住着的时候,并没有什么门禁,东北角的墙也坍了,我常常去到那里望对面的山景和在溪滩积水中洗衣的女人们。现在可是截然的不同了,倒墙从新筑起,将真山关出门外,却在里面叫人堆上许多石头(抬这些石头的人们,足足有三天,在我的窗前络绎的走过),叫作假山,一面又在弥勒佛左手的路上筑起一堵泥墙,于是我真山固然望不见,便是假山也轮不到看。那些阔人们似乎以为四周非有墙包围着是不能住人的。我远望香山上迤逦的围墙,又想起秦始皇的万里长城,觉得我所推测的话并不是全无根据的。

  还有别的见闻,我曾作了两篇《西山小品》,其一曰《一个乡民的死》,其二曰《卖汽水的人》,将他记在里面。但是那两篇是给日本的朋友们所办的一个杂志作的,现在虽有原稿留下,须等我自己把他译出方可发表。

                九月三日在西山

三个文学家的纪念

今年里恰巧有三个伟大人物的诞生一百年纪念，因此引起了我的一点感想来。纪念——就是限定在文艺的国土内，也是常有的事，即如世间大吹大擂的但丁六百年纪念，便是其一。但是现在所说的三个人，并非文艺史上的过去的势力，他们的思想现在还是有生命有意义，是现代人的悲哀而真挚的思想的源泉，所以更值得纪念。这三个人是法国的福楼拜（Flaubert），俄国的陀思妥也夫斯基（Dostoevski），法国的波特来耳（Baudelaire）。

福楼拜的生日是十二月十二日，在三人中他最幼小，但在事业上却是他最早了。他于一八五六年发表《波华利夫人》，开自然主义的先路，那时陀思妥也夫斯基还在西伯利亚作苦工，波特来耳的《恶之花》也正在草稿中呢。他劳作二十年，只成了五部小说，真将生命供献于艺术，可以说是文艺女神的孤忠的祭司。人生虽短而艺术则长。他的性格，正如丹麦批评家勃兰特思所说，是用两种分子合成："对于愚蠢的火烈的憎恨，和对于艺术的无限的爱。这个憎恨，与凡有的憎恨一例，对于所憎恨者感到一种不可抗的牵引。各种形式的愚蠢，如愚行迷信自大不宽容，都磁力似的牵引他，感发他。他不得不一件件的把他们描写出来。"他不是厌世家，或虚无主义者，却是一个愚蠢论者（Imbecilist），这是怎样适切的一个社会批评家的名称呵!他又梦想斯芬克思(Sphinx)与吉迈拉(Chimaera)——科学与诗——的拥抱,自己成了冷静而敏感,爱真与美的"冷血的诗人"。这冷血的诗人两个字,以前还未曾联合在一处,在他才是初次;他不但不愧为莫泊桑之师,也正是以后与当来的诗人之师了。

陀思妥也夫斯基生于俄历十月三十日,即新历的十一月十一日。他因为读社会主义的书,被判处死刑,减等发往西伯利亚苦工十年。饥寒,拷打,至发癫痫,又穷困以至于死,但是他不独不绝望厌世,反因此而信念愈益坚定,造成他独一的爱之福音。文学上的人道主义的思想的极致,我们不得不推重陀思妥也夫斯基,便是托尔斯泰也还得退让一步。他所作的长短十几篇的小说,几乎无一不是惊心动魄之作。他的创作的动机正如武者小路所说,是"从想肯定人生的这寂寞与爱而生的。……陀思妥也夫斯基的最后的希望,是从他想怎样的不要把生而为人的事当作无意味的事情这一个努力而来的。"安特来夫在《小人物的自白中》说:"我对于运命唯一的要求,便是我的苦难与死不要虚费了。"这也可以说是陀思妥也夫斯基的要求。他在小说里写出许多"被侮辱与损害的人";他们虽然被人踏在脚下成了一块不干净的抹布,但"他那湿漉漉的折叠中,隐藏着灵妙的感情",正同尔我一样。他描写下等堕落人的灵魂,表示其中还有光明与美存在。他写出一个人物,无论如何堕落,如何无耻,但总能够使读者发起一种思想,觉得书中人物与我们同是一样的人,使读者看了叹道:"他是我的兄弟!"这是陀思妥也夫斯基著作的精义,他留给我们的最大的教训,是我们所应当感激纪念的(这节里多引用旧译《陀思妥也夫斯基之小说》的文句,全文见《艺术与生活》)。

波特来耳是四月九日生的。他十年中的著作,评论,翻译以外,只有诗集《恶之花》一卷,《散文小诗》及《人工的乐园》各一卷。他的诗中充满了病的美,正如贝类中的真珠。他是后来颓废派文人的祖师,神经病学者隆勃罗梭所谓疯狂的天才,托尔斯泰用了社会主义的眼光批评他说一点都不能了解的作家。他的染绿的头发与变态的性欲,我们只承认是一种传说(Legend),虽然他确是死在精神病院里。我们所完全承认而且感到一种亲近的,是他的"颓废的"心情,与所以表现这心情的一点著作的美。"波特来耳爱重人生。慕美与幸福,不异传奇派诗人,唯际幻灭时代,绝望之哀,愈益深切,而执着现世又特坚固,理想之幸福既不可致,复不欲遗世以求安息,故唯努力求生,欲于苦中得乐,于恶与丑中而得善美,求得新异之享乐,以刺激官能,聊保生存之意识。"他的貌似的颓废,实在只是猛烈的求生意志的表现,

与东方式的泥醉的消遣生活,绝不相同。所谓现代人的悲哀,便是这猛烈的求生意志与现在的不如意的生活的挣扎。这挣扎的表现可以为种种改造的主义,在文艺上可以为福楼拜的艺术主义,陀思妥也夫斯基的人道主义,也就可以为波特来耳的颓废的"恶魔主义"了。

  我在上面略述这三个伟大人物的精神,虽然未免近于作"答题",但我相信,在中国现在萧条的新文学界上,这三个人所代表的各派思想,实在是一服极有力的兴奋剂,所以值得纪念而且提倡。新名目的旧传奇(浪漫)主义,浅薄的慈善主义,正布满于书报上,在日本西京的一个朋友说,留学生里又已有了喝咖啡茶以代阿布散酒(absinth)的自称颓废派了。各人愿意提倡那一派,原是自由的事,但现在总觉得欠有切实的精神,不免是"旧酒瓶上的新招帖"。我希望大家各因性之所好,先将写实时代的自然主义人道主义,或颓废派的代表人物与著作,略加研究,然后再定自己进行的方针。便是新传奇主义,也是受过写实的洗礼,经由颓废派的心情而出的,所以对于这一面也应该注意,否则便容易变成旧传奇主义了。我也知道这些话是僭越的,但因为这三个文学家的纪念的感触,觉得不能不说了,所以聊且写出以宽解自己的心。

一九二一年十一月十一日

中国 20 世纪名家散文经典

自己的园地

　　在一百五十年前，法国的福禄特尔作了一本小说《亢迭特》(Candide)，叙述人世的苦难，嘲笑"全舌博士"的乐天哲学。亢迭特与他的老师全舌博士经了许多忧患，终于在土耳其的一角里住下，种园过活，才能得到安住。亢迭特对于全舌博士的始终不渝的乐天说，下结论道："这些都是很好，但我们还不如去耕种自己的园地。"这句格言现在已经是"脍炙人口"，意思也很明白，不必再等我下什么注脚。但是我现在把他抄来，却有一点别的意义。所谓自己的园地，本来是范围很宽，并不限定于某一种：种果蔬也罢，种药材也罢——种蔷薇地丁也罢，只要本了他个人的自觉，在他认定的不论大小的地面上，尽了力量去耕种，便都是尽了他的天职了。在这平淡无奇的谈话中间，我所想要特地申明的，只是在于种蔷薇地丁也是耕种我们自己的园地，与种果蔬药材，虽是种类不同而有同一的价值。

　　我们自己的园地是文艺，这是要在先声明的。我并非鄙薄别种活动而不屑为——我平常承认各种活动于生活都是必要：实在是小半由于没有这样的才能，大半由于缺少这样的趣味，所以不得不在这中间定一个去就。但我对于这个选择并不后悔，并不惭愧地面的小与出产的薄弱而且似乎无用。依了自己的心的倾向，去种蔷薇地丁，这是尊重个性的正当办

法,即使如别人所说各人果真应报社会的恩,我也相信已经报答了,因为社会不但需要果蔬药材,却也一样迫切的需要蔷薇与地丁——如有蔑视这些的社会,那便是白痴的,只有形体而没有精神生活的社会,我们没有去顾视他的必要。倘若用了什么名义,强迫人牺牲了个性去侍奉白痴的社会——美其名曰迎合社会的心理——那简直与借了伦常之名强人忠君,借了国家之名强人战争一样的不合理了。

有人说道,据你所说,那么你所主张的文艺,一定是人生派的艺术了。泛称人生派的艺术,我当然是没有什么反对,但是普通所谓人生派是主张"为人生的艺术"的,对于这个我却有一点意见。"为艺术的艺术"将艺术与人生分离,并且将人生附属于艺术,至于如王尔德的提倡人生之艺术化,固然不很妥当;"为人生的艺术"以艺术附属于人生,将艺术当作改造生活的工具而非终极,也何尝不把艺术与人生分离呢?我以为艺术当然是人生的,因为他本是我们感情生活的表现,叫他怎能与人生分离?"为人生"——于人生有实利,当然也是艺术本有的一种作用,但并非唯一的职务。总之艺术是独立的,却又原来是人性的,所以既不必使他隔离人生,又不必使他服侍人生,只任他成为浑然的人生的艺术便好了。"为艺术"派以个人为艺术的工匠,"为人生"派以艺术为人生的仆役;现在却以个人为主人,表现情思而成艺术,即为其生活之一部,初不为福利他人而作,而他人接触这艺术,得到一种共鸣与感兴,使其精神生活充实而丰富,又即以为实生活的基本;这是人生的艺术的要点,有独立的艺术美与无形的功利。我所说的蔷薇地丁的种作,便是如此:有些人种花聊以消遣,有些人种花志在卖钱,真种花者以种花为其生活——而花亦未尝不美,未尝于人无益。

中国 20 世纪名家散文经典

初恋

那时我十四岁,她大约是十三岁罢。我跟着祖父的妾宋姨太太寄寓在杭州的花牌楼,间壁住着一家姚姓,她便是那家的女儿。伊本姓杨,住在清波门头,大约因为行三,人家都称她作三姑娘。姚家老夫妇没有子女,便认她作干女儿,一个月里有二十多天住在他们家里,宋姨太太和远邻的羊肉店石家的媳妇虽然很说得来,与姚宅的老妇却感情很坏,彼此都不交口,但是三姑娘并不管这些事,仍旧推进门来游嬉。她大抵先到楼上去,同宋姨太太搭讪一回,随后走下楼来,站在我同仆人阮升公用的一张板桌旁边,抱着名叫"三花"的一只大猫,看我映写陆润庠的木刻的字帖。

我不曾和她谈过一句话,也不曾仔细的看过她的面貌与姿态。大约我在那时已经很是近视,但是还有一层缘故,虽然非意识的对于她很是感到亲近,一面却似乎为她的光辉所掩,开不起眼来去端详她了。在此刻回想起来,仿佛是一个尖面庞,乌眼睛,瘦小身材,而且有尖小的脚的少女,并没有什么殊胜的地方,但在我的性的生活里总是第一个人,使我于自己以外感到对于别人的爱着,引起我没有明了的性的概念的对于异性的恋慕的第一个人了。

我在那时候当然是"丑小鸭",自己也是知道的,但是终不以此而减灭我的热情。每逢她抱着猫来看我写字,我便不自觉的振作起来,用了平常所无的努力去映写,感着一种无所希求迷蒙的喜乐。并不问她是否爱我,或者也还不知道自己是爱着她,总之对于她的存在感到亲近喜悦,并且愿为她有所尽力,这是当时实在的心情,也是她所给我的赐物了。在她是怎样不能知道,自己的情绪大约只是淡淡的一种恋慕,始终没有想到男女夫妇的问题。有一天晚上,宋姨太太忽然又发表对于姚姓的憎恨,末了说道:

"阿三那小东西,也不是好东西,将来总要流落到拱辰桥去作婊子的。"

我不很明白作婊子这些是什么事情,但当时听了心里想道:

"她如果真是流落作了婊子,我必定去救她出来。"

大半年的光阴这样的消费过去了。到了七八月里因为母亲生病,我便离开杭州回家去了。一个月以后,阮升告假回去,顺便到我家里,说起花牌楼的事情,说道,

"杨家的三姑娘患霍乱死了。"

我那时也很觉得不快,想象她的悲惨的死相,但同时却又似乎很是安静,仿佛心里有一块大石头已经放下了。

十年九月

情诗

读汪静之君的诗集《惠的风》，便想到了"情诗"这一个题目。

这所谓情，当然是指两性间的恋慕。古人论诗本来也不抹杀情字，有所谓"发乎情止乎礼义"之说；照道理上说来，礼义原是本于人情的，但是现在社会上所说的礼义却并不然，只是旧习惯的一种不自然的遗留，处处阻碍人性的自由活动，所以在他范围里，情也就没有生长的余地了。我的意见以为只应"发乎情，止乎情"，就是以恋爱之自然的范围为范围；在这个范围以内我承认一切的情诗。倘若过了这界限，流于玩世或溺惑，那便是变态的病理的，在诗的价值上就有点疑问了。

我先将"学究的"说明对于性爱的意见。《爱之成年》的作者凯本德说，"性是自然界里的爱之譬喻。"这是一句似乎玄妙而很是确实的说明。生殖崇拜（Phallicism）这句话用到现今已经变成全坏的名字，专属于猥俗的仪式，但是我们未始不可把他回复到庄严的地位，用作现代性爱的思想的名称，而一切的情歌也就不妨仍加以古昔的 Asmata Phallika（原意生殖颂歌）的徽号。凯本德在《爱与死之戏剧》内，根据近代细胞学的研究，声言"恋爱最初（或者毕究）大抵只是两方元质的互换"，爱伦凯的《恋爱与结婚》上也说："恋爱要求结合，不但为了别一新生命的创造，还因为两个人互相因缘的成为一个新的而且

比独自存在更大的生命。"所以性爱是生的无差别与绝对的结合的欲求之表现,这就是宇宙间的爱的目的。凯本德有《婴儿》一诗,末尾这样说:

> 完全的三品:男,女,与婴儿,
> 在这里是一切的创造了。
> ……不知爱曾旅行到什么地方
> 他带这个回来——这最甜美的意义的话:
> 两个生命作成一个,看似一个。
> 在这里是一切的创造了。

　　恋爱因此可以说是宇宙的意义;个体与种族的完成与继续。我们不信有人格的神,但因了恋爱而能了解"求神者"的心情,领会"入神"(Enthusiasmus)与"忘我"(Ekaiasia)的幸福的境地;我们不愿意把《雅歌》一类的诗加以精神的解释,但也承认恋爱的神秘主义的存在,对于波斯"毛衣派"诗人表示尊重。我相信这二者很有关系,实在恋爱可以说是一种宗教感情。爱慕,配偶与生产:这是极平凡极自然,但也是极神秘①的事情。凡是愈平凡愈自然的,便愈神秘,所以在现代科学上的性的知识日渐明了,性爱的价值也益增高,正因为知道了微妙重大的意义,自然兴起严肃的感情,更没有从前那戏弄的态度了。

　　诗本是人情迸发的声音,所以情诗占着其中的极大地位,正是当然的,但是社会上还流行着半开化时代的不自然的意见,以为性爱只是消遣的娱乐而非生活的经历,所以富有年老的人尽可耽溺,若是少年的男女在文字上质直的表示本怀,便算是犯了道德的律;还有一层,性爱是不可免的罪恶与污秽,虽然公许,但是说不得的,至少也不得见诸文学。在别一方面却又可惊的宽纵,曾见一个老道学家的公刊的笔记,卷首高谈理气,在后半的记载里含有许多不愉快的关于性的暗示的话。正如老人容易有变态性欲一样,旧社会的意见也多是不健全的。路易士(E・Lewis)在《凯本德传》里说:"社会把恋爱关在门里,从街上驱逐他去,说他无耻;扪住他的嘴,遏止他的狂喜的歌;用了卑猥的礼法将他围住;又因了经济状况,使健全的少年人们不得在父母的创造之欢喜里成就了爱的目的。这样的社会在内部已经腐烂,已

---

① 神秘只是说不可思议,并不是神怪,二者区别自明,如生殖的事是神秘,说生殖由神灵主持是神怪了。

受了死刑的宣告了。"在这社会里不能理解情诗的意义,原是当然的,所以我们要说情诗,非先把这种大多数的公意完全排斥不可。

我们对于情诗,当先看其性质如何,再论其艺术如何。情诗可以艳冶,但不可涉于轻薄;可以亲密,但不可流于狎亵;质言之,可以一切,只要不及于乱。这所谓乱,与从来的意思有点不同,因为这是指过分——过了情的分限,即是性的游戏的态度,不以对手当作对等的人,自己之半的态度,简单的举一个例,私情不能算乱,而蓄妾是乱;私情的俗歌是情诗,而咏"金莲"的词曲是淫诗。在艺术上,同是情诗也可以分出优劣,在别一方面淫诗中也未尝没有以技工胜者,这是应该承认的,虽然我不想把他邀到艺术之宫里去。照这样看来,静之的情诗即使艺术的价值不一样(如胡序里所详说),但是可以相信没有"不道德的嫌疑"。不过这个道德是依照我自己的定义,倘若由传统的权威看去,不特是有嫌疑,确实是不道德的了。这旧道德上的不道德,正是情诗的精神,用不着我的什么辩解。静之因为年岁与境遇的关系,还未有热烈之作,但在他那缠绵宛转的情诗里却尽有许多佳句。我对于这些诗的印象,仿佛是散在太空里的宇宙之爱的霞彩,被静之用了捉蝴蝶的网兜住了多少,在放射微细的电光。所以见了《蕙的风》里的"放情的唱",我们应该认为诗坛解放的一种呼声,期望他精进成就,倘若大惊小怪,以为"革命也不能革到这个地步",那有如见了小象还怪他比牛大,未免眼光太短了。

《镜花缘》

我的祖父是光绪初年的翰林,在二十年前已经故去了,他不曾听到国语文学这些名称,但是他的教育法却很特别。他当然仍教子弟作诗文,唯第一步的方法是教人自由读书,尤其是奖励读小说,以为最能使人"通",等到通了之后,再弄别的东西便无所不可了。他所保举的小说,是《西游记》《镜花缘》《儒林外史》这几种,这也就是我最初所读的书(以前也曾念过"四子全书",不过那只是"念"罢了)。

我幼年时候所最喜欢的是《镜花缘》。林之洋的冒险,大家都是赏识的,但是我所爱的是多九公,因为他能识得一切的奇事和异物。对于神异故事之原始的要求,长在我们的血脉里,所以《山海经》《十洲记》《博物志》之类千余年前的著作,在现代人的心里仍有一种新鲜的引力:九头的鸟,一足的牛,实在是荒唐无稽的话,但又是怎样的愉快呵。《镜花缘》中飘海的一部分,就是这些分子的近代化,我想凡是能够理解希腊史诗《阿迭绥亚》的趣味的,当能赏识这荒唐的故事。

有人要说,这些荒唐的话即是诳话。我当然承认。但我要说明,以欺诈的目的而为不实之陈述者才算是可责,单纯的——为说诳而说的诳话,至少在艺术上面,没有是非之可言。向来大家都说小孩喜说诳话是作贼的始基,现代的研究才知道并不如此。小孩的谈话大都是空想的表现,可以说是

艺术的创造；他说我今天看见一条有角的红蛇，决不是想因此行诈得到什么利益，实在只是创作力的活动，用了平常的材料，组成特异的事物，以自娱乐。叙述自己想象的产物，与叙述现世的实生活是同一的真实，因为经验并不限于官能的一方面。我们要小孩诚实，但这当推广到使他并诚实于自己的空想。诳话的坏处在于欺蒙他人；单纯的诳话则只是欺蒙自己，他人也可以被欺蒙——不过被欺蒙到梦幻的美里去，这当然不能算是什么坏处了。

王尔德有一篇对话，名 The Decay of Lying（《说诳的衰颓》），很叹息于艺术的堕落。《狱中记》译者的序论里把 Lying 译作"架空"，仿佛是忌避说诳这一个字（日本也是如此），其实有什么要紧。王尔德那里会有忌讳呢？他说文艺上所重要的是"讲美的而实际上又没有的事"，这就是说诳。但是他虽然这样说，实行上却还不及他的同乡丹绥尼；"这世界在歌者看来，是为了梦想者而造的"，正是极妙的赞语。科伦（P.Colum）在丹绥尼的《梦想者的故事》的序上说：

他正如这样的一个人，走到猎人的寓居里，说道，你们看这月亮很奇怪，我将告诉你，月亮是怎样作的，又为什么而作的。既然告诉他们月亮的事情之后，他又接续着讲在树林那边的奇异的都市，和在独角兽的角里的珍宝。倘若别人责他专讲梦想与空想给人听，他将回答说，我是在养活他们的惊异的精神，惊异在人是神圣的。

我们在他的著作里，几乎不能发见一点社会的思想。但是，却有一个在那里，这便是一种对于减缩人们想象力的一切事物——对于凡俗的都市，对于商业的实利，对于从物质的组织所发生的文化之严厉的敌视。

梦想是永远不死的。在恋爱中的青年与在黄昏下的老人都有他的梦想，虽然他们的颜色不同。人之子有时或者要反叛他，但终究还回到他的怀中来。我们读王尔德的童话，赏识他种种好处，但是《幸福的王子》和《渔夫与其魂》里的叙述异景总要算是最美之一了。我对于《镜花缘》，因此很爱他这飘洋的记述。我也爱《呆子伊凡》或《麦加尔的梦》，然而我或者更幼稚的爱希腊神话。

记得《聊斋志异》卷头有一句诗道："姑妄言之姑听之。"这是极妙的话。

《西游记》《封神榜》以及别的荒唐的话(无聊的模拟除外),在这一点上自有特别的趣味,不过这也是对于所谓受戒者(The Initiated)而言,不是一般的说法,更非所论于那些心思已入了牛角弯的人们。他们非用纪限仪显微镜来测看艺术,便对着画钟馗供香华灯烛:在他们看来,则《镜花缘》若不是可恶的妄语必是一部信史了。

一九二三年四月

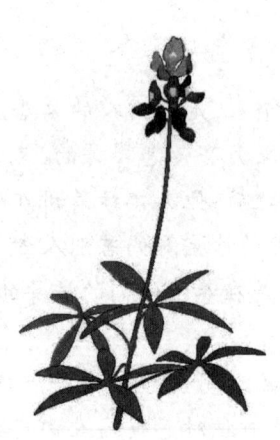

寻路的人

——赠徐玉诺君

我是寻路的人。我日日走着路寻路,终于还未知道这路的方向。

现在才知道了:在悲哀中挣扎着正是自然之路,这是与一切生物共同的路,不过我们意识着罢了。

路的终点是死,我们便挣扎着往那里去,也便是到那里以前不得不挣扎着。

我曾在西四牌楼看见一辆汽车载了一个强盗往天桥去处决,我心里想,这太残酷了,为什么不照例用敞车送的呢?为什么不使他缓缓的看沿路的景色,听人家的谈论,走过应走的路程,再到应到的地点,却一阵风的把他送走了呢?这真是太残酷了。

我们谁不坐在敞车上走着呢?有的以为是往天国去,正在歌笑;有的以为是下地狱去,正在悲哭;有的醉了,睡。我们——只想缓缓的走着,看沿路景色,听人家谈论,尽量的享受这些应得的苦和乐;至于路线如何,或是由西四牌楼往南,或是由东单牌楼往北,那有什么关系?

玉诺是于悲哀深有阅历的,这一回他的村寨被土匪攻破,只有他的父亲在外边,此外人都还没有消息。他说,他现在没有泪了。——你也已经寻到了你的路了吧。

他的似乎微笑的脸,最令我记忆,这真是永远的旅人的颜色。我们应当是最大的乐天家,因为再没有什么悲观和失望了。

一九二三年七月三十日

中国20世纪名家散文经典

北京的茶食

在东安市场的旧书摊上买到一本日本文章家五十岚力的《我的书翰》,中间说起东京的茶食店的点心都不好吃了,只有几家如上野山下的空也,还作的好点心,吃起来馅和糖及果实浑然融合,在舌头上分不出各自的味来。想起德川时代江户的二百五十年的繁华,当然有这一种享乐的流风余韵留传到今日,虽然比起京都来自然有点不及。北京建都已有五百余年之久,论理于衣食住方面应有多少精微的造就,但实际似乎并不如此,即以茶食而论,就不曾知道什么特殊的有滋味的东西。固然我们对于北京情形不甚熟习,只是随便撞进一家饽饽铺里去买一点来吃,但是就撞过的经验来说,总没有很好吃的点心买到过。难道北京竟是没有好的茶食,还是有而我们不知道呢? 这也未必全是为贪口腹之欲,总觉得住在古老的京城里吃不到包含历史的精练的或颓废的点心是一个很大的缺陷。北京的朋友们,能够告诉我两三家作的上好点心的饽饽铺么?

我对于二十世纪的中国货色,有点不大喜欢,粗恶的模仿品,美其名曰国货,要卖得比外国货更贵些。新房子里卖的东西,便不免都有点怀疑,虽然这样说好像遗老的口吻,但总之关于风流享乐的事我是颇迷信传统的。我在西四牌楼以南走过,望着异馥斋的丈许高的独木招牌,不禁神往,因为这不但表示他是义和团以前的老店,那模糊阴暗的字迹又引起我一种焚香静坐的安闲而丰腴的生活的幻想。我不曾焚过什么香,却对于这件事很有趣味,然而终于不敢进香店去,因为怕他们在香合上已放着花露水与日光皂了。我们于日用必需的东西以外,必须还有一点无用的游戏与享乐,生活才觉得有意思。我仍看夕阳,看秋河,看花,听雨,闻香,喝不求解渴的酒,吃不求饱的点心,都是生活上必要的——虽然是无用的装点,而且是愈精炼愈好。可怜现在的中国生活,却是极端的干燥粗鄙,别的不说,我在北京彷徨了十年,终未曾吃到好点心。

一九二四年二月

故乡的野菜

我的故乡不止一个,我住过的地方都是故乡。故乡对于我并没有什么特别的情分,只因钓于斯游于斯的关系,朝夕会面,遂成相识,正如乡村里的邻舍一样,虽然不是亲属,别后有时也要想念到他。我在浙东住过十几年,南京东京都住过六年,这都是我的故乡;现在住在北京,于是北京就成了我的家乡了。

日前我的妻往西单市场买菜回来,说起有荠菜在那里卖着,我便想起浙东的事来。荠菜是浙东人春天常吃的野菜,乡间不必说,就是城里只要有后园的人家都可以随时采食,妇女小儿各拿一把剪刀一只"苗篮",蹲在地上搜寻,是一种有趣味的游戏的工作。那时小孩们唱道:"荠菜马兰头,姊妹嫁在后门头。"后来马兰头有乡人拿来进城售卖了,但荠菜还是一种野菜,须得自家去采。关于荠菜向来颇有风雅的传说,不过这似乎以吴地为主。《西湖游览志》云:"三月三日男女皆戴荠菜花。谚云:三春戴荠花,桃李羞繁华。"顾禄的《清嘉录》上亦说:"荠菜花俗呼野菜花,因谚有三月三蚂蚁上灶山之语,三日人家皆以野菜花置灶陉上。以厌虫蚁。侵晨村童叫卖不绝。或妇女簪髻上以祈清目,俗号眼亮花。"但浙东人却不很理会这些事情,只是挑来作菜或炒年糕吃罢了。

黄花麦果通称鼠曲草,系菊科植物,叶小微圆互生,表面

有白毛,花黄色,簇生梢头。春天采嫩叶,捣烂去汁,和粉作糕,称黄花麦果糕。小孩们有歌赞美之云:

黄花麦果韧结结。
关得大门自要吃:
半块拿弗出,一块自要吃。

清明前后扫墓时,有些人家——大约是保存古风的人家——用黄花麦果作供,但不作饼状,作成小颗如指顶大,或细条如小指,以五六个作一攒,名曰茧果,不知是什么意思,或因蚕上山时设祭,也用这种食品,故有是称,亦未可知。自从十二三岁时外出不参与外祖家扫墓以后,不复见过茧果,近来住在北京,也不再见黄花麦果的影子了。日本称作"御形",与荠菜同为春的七草之一,也采来作点心用,状如艾饺,名曰"草饼",春分前后多食之,在北京也有,但是吃去总是日本风味,不复是儿时的黄花麦果糕了。

扫墓时候所常吃的还有一种野菜,俗名草紫,通称紫云英。农人在收获后,播种田内,用作肥料,是一种很被贱视的植物,但采取嫩茎瀹食,味颇鲜美,似豌豆苗。花紫红色,数十亩接连不断,一片锦绣,如铺着华美的地毯,非常好看,而且花朵状若蝴蝶,又如鸡雏,尤为小孩所喜。间有白色的花,相传可以治痢,很是珍重,但不易得。日本《俳句大辞典》云:"此草与蒲公英同是习见的东西,从幼年时代便已熟识。在女人里边,不曾采过紫云英的人,恐未必有吧。"中国古来没有花环,但紫云英的花球却是小孩常玩的东西,这一层我还替那些小人们欣幸的,浙东扫墓用鼓吹,所以少年常随了乐音去看"上坟船里的姣姣";没有钱的人家虽没有鼓吹,但是船头上篷窗下总露出些紫云英和杜鹃的花束,这也就是上坟船的确实的证据了。

一九二四年二月

中国 20 世纪名家散文经典

苦雨

伏园兄：

北京近日多雨，你在长安道上不知也遇到否，想必能增你旅行的许多佳趣。雨中旅行不一定是很愉快的，我以前在杭沪车上时常遇雨，每感困难，所以我于火车的雨不能感到什么兴味，但卧在乌篷船里，静听打篷的雨声，加上欸乃的橹声，以及"靠塘来，靠下去"的呼声，却是一种梦似的诗境。倘若更大胆一点，仰卧在脚划小船内，冒雨夜行，更显出水乡住民的风趣，虽然较为危险，一不小心，拙劣的转一个身，便要使船底朝天。二十多年前往东浦吊先父的保姆之丧，归途遇暴风雨，一叶扁舟在白鹅似的波浪中间滚过大树港，危险极也愉快极了。我大约还有好些"为鱼"时候——至少也是断发文身时候的脾气，对于水颇感到亲近，不过北京的泥塘似的许多"海"实在不很满意，这样的水没有也并不怎么可惜。你往"陕半天"去似乎要走好两天的准沙漠路，在那时候倘若遇见风雨，大约是很舒服的，遥想你胡坐骡车中，在大漠之上，大雨之下，喝着四打之内的汽水，悠然进行，可以算是"不亦快哉"之一。但这只是我的空想，如诗人的理想一样的靠不住，或者你在骡车中遇雨，很感困难，正在叫苦连天也未可知，这须等你回京后问你再说了。

我住在北京，遇见这几天的雨，却叫我十分难过。北京向来少雨,所以不但雨具不很完全,便是家屋构造,于防雨亦欠周密。除了真正富翁以外,很少用实垛砖墙,大抵只用泥墙抹灰敷衍了事。近来天气转变,南方酷寒而北方淫雨,因此两方面的建筑上都露出缺陷。一星期前的雨把后园的西墙淋坍,第二天就有"梁上君子"来摸索北房的铁丝窗,从次日起赶紧邀了七八位匠人,费两天工夫,从头改筑,已经成功十分八九,总算可以高枕而卧,前夜的雨却又将门口的南墙冲倒二三丈之谱。这回受惊的可不是我了,乃是川岛君"渠们"俩,因为"梁上君子"如再见光顾,一定是去躲在"渠们"的窗下窃听的了。为消除"渠们"的不安起见,一等天气晴正,急须大举的建筑,希望日子不至于很久,这几天只好暂时拜托川岛君的老弟费神代为警护罢了。

  前天十足下了一夜的雨,使我夜里不知醒了几遍。北京除了偶然有人高兴放几个爆仗以外,夜里总还安静,那样哗喇哗喇的雨声在我的耳朵里已经不很听惯,所以时常被它惊醒,就是睡着也仿佛觉得耳边粘着面条似的东西,睡的很不痛快。还有一层,前天晚间据小孩们报告,前面院子里的积水已经离台阶不及一寸,夜里听着雨声,心里胡里胡涂的总是想水已上了台阶,浸入西边的书房里了。好容易到了早上五点钟,赤脚撑伞,跑到西屋一看,果然不出所料,水浸满了全屋,约有一寸深浅,这才叹了一口气,觉得放心了;倘若这样兴高采烈的跑去,一看却没有水,恐怕那时反觉得失望,没有现在那样的满足也说不定。幸而书籍都没有湿,虽然是没有什么价值的东西,但是湿成一饼一饼的纸糕,也很是不愉快。现今水虽已退,还留下一种涨过大水后的普通的臭味,固然不能留客坐谈,就是自己也不能在那里写字,所以这封信是在里边炕桌上写的。

  这回大雨,只有两种人最喜欢。第一是小孩们。他们喜欢水,却极不容易得到,现在看见院子里成了河,便成群结队的去"淌河"去。赤了足伸到水里去,实在很有点冷,但是他们不怕,下到水里还不肯上来。大人见小孩们玩的很有趣,也一个两个的加入,但是成绩却不甚佳,那一天里滑倒了三个人,其中两个都是大人——其一为我的兄弟,其一是川岛君。第二种喜欢下雨的则为虾蟆。从前同小孩们往高亮桥去钓鱼钓不着,只捉了好些虾蟆,有绿的,有花条的,拿回来都放在院子里,平常偶叫几声,在这几天里便整日叫唤,或者是荒年之兆吧,却极有田村的风味,有许多耳朵皮嫩的人,很恶喧嚣,如麻雀虾蟆或蝉的叫声,凡足以妨碍他们的甜睡者,无一不深恶而痛绝之,大有灭此而午睡之意,我觉得大可以不必如此,随便听听都是很有趣味

的,不但是这些久成诗料的东西,一切鸣声其实都可以听。虾蟆在水田里群叫,深夜静听,往往变成一种金属音,很是特别,又有时仿佛是狗叫,古人常称蛙蛤为吠,大约是从实验而来。我们院子里的虾蟆现在只见花条的一种,它的叫声更不漂亮,只是格格格这个叫法,可以说是革音,平常自一声至三声,不会更多,唯在下雨的早晨,听它一口气叫上十二三声,可见它是实在喜欢极了。

这一场大雨恐怕在乡下的穷朋友是很大的一个不幸,但是我不曾亲见,单靠想象是不中用的,所以我不去虚伪的代为悲叹了。倘若有人说这所记的只是个人的事情,于人生无益,我也承认,我本来只想说个人私事,此外别无意思。今天太阳已经出来,傍晚可以出外去游嬉,这封信也就不再写下去了。

我本等着看你的秦游记,现在却由我先写给你看,这也可以算是:"意表之外"的事吧。

一九二四年七月十七日在京城书

沉默

　　林语堂先生说,法国一个演说家劝人缄默,成书三十卷,为世所笑,所以我现在作讲沉默的文章,想竭力节省,以原稿纸三张为度。

　　提倡沉默从宗教方面讲来,大约很有材料,神秘主义里很看重沉默,美忒林克便有一篇极妙的文章。但是我并不想这样作,不仅因为怕有拥护宗教的嫌疑,实在是没有这种知识与才力。现在只就人情世故上着眼说一说吧。

　　沉默的好处第一是省力。中国人说,多说话伤气,多写字伤神。不说话不写字大约是长生之基,不过平常人总不易作到。那么一时的沉默也就很好,于我们大有裨益。三十小时草成一篇宏文,连睡觉的时光都没有,第三天必要头痛;演说家在讲台上呼号两点钟,难免口干喉痛,不值得甚矣。若沉默,则可无此种劳苦——虽然也得不到名声。

　　沉默的第二个好处是省事。古人说"口是祸门",关上门、贴上封条,祸便无从发生("闭门家里坐,祸从天上来",那只算是"空气传染",又当别论),此其利一。自己想说服别人,或是有所辩解,照例是没有什么影响,而且愈说愈是渺茫,不如及早沉默,虽然不能因此而说服或辨明,但至少是不会增添误会。又或别人有所陈说,在这面也照例不很能理解,极不容易答复,这时候沉默是适当的办法之一。古人说不言足最大的理解,这句话或者有深奥的道理,据我想则在我至少可以藏过不理解,而在他也就可以有猜想被理解了之自由。沉默之处的好处,此其二。

善良的读者们,不要以我为太玩世(Cynical)了吧?老实说,我觉得人之互相理解是至难——即使不是不可能的事,而表现自己之真实的感情思想也是同样地难。我们说话作文,听别人的话,读别人的文,以为互相理解了,这是一个聊以自娱的如意的好梦,好到连自己觉到了的时候也还不肯立即承认,知道是梦了却还想在梦境中多流连一刻。其实我们这样说话作文无非只是想这样作,想这样聊以自娱,如其觉得没有什么可娱,那么尽可简单的停止。我们在门外草地上翻几个筋斗,想象那对面高楼上的美人看着(明知她未必看见),很是高兴,是一种办法;反正她不会看见,不翻筋斗了,且卧在草地上看云吧,这也是一种办法。两者都是对的,我这回是在作第二个题目罢了。

我是喜翻筋斗的人,虽然自己知道翻得不好。但这也只是不巧妙罢了,未必有什么害处,足为世道人心之忧。不过自己的评语总是不大靠得住的,所以在许多知识阶级的道学家看来,我的筋斗都翻的有点不道德,不是这种姿势足以坏乱风俗,便是这个主意近于妨害治安。这种情形在中国可以说是意表之内的事,我们也并不想因此而变更态度,但如民间这种倾向到了某一程度,翻筋斗的人至少也应有想到省力的时候了。

三张纸已将写满,这篇文应该结束了。我费了三张纸来提倡沉默,因为这是对于现在中国的适当办法。——然而这原来只是两种办法之一,有时也可以择取另一办法:高兴的时候弄点小把戏,"藉资排遣"。将来别处看有什么机缘,再来噪聒,也未可知。

一九二四年七月二十日

若子的病

《北京孔德学校旬刊》第二期于四月十一日出版，载有两篇儿童作品，其中之一是我的小女儿写的。

晚上的月亮　　　　　　周若子

晚上的月亮，很大又很明。我的两个弟弟说："我们把月亮请下来，叫月亮抱我们到天上去玩。月亮给我们东西，我们很高兴。我们拿到家里给母亲吃，母亲也一定高兴。"

但是这张旬刊从邮局寄到的时候，若子已正在垂死状态了。她的母亲望着摊在席上的报纸又看昏沉的病人，再也没有什么话可说，只叫我好好的收藏起来——作一个将来决不再寓目的纪念品。我读了这篇小文，不禁忽然想起六岁时死亡的四弟椿寿，他于得急性肺炎的前两三天，也是固执的向着佣妇追问天上的情形，我自己知道这都是迷信，却不能禁止我脊梁上不发生冰冷的奇感。

十一日的夜中，她就发起热来，继之以大吐，恰巧小儿用的摄氏体温表给小波波（我的兄弟的小孩）摔破了，土步君正出着第二次种的牛痘,把华氏的一具拿去应用,我们房里没有体温表了,所以不能测量热度,到了黎明从间壁房中拿表来一量,乃是四十度三分!八时左右起了痉挛,妻抱住了她,只喊说:"阿玉惊了,阿玉惊了!"弟妇(即是妻的三妹)走到外边叫内弟起来,说:"阿玉死了!"他惊起不觉坠落床下。这时候医生已到来了,诊察的结果说疑是"流行性脑脊髓膜炎",虽然征候还未全具,总之是脑的故障,危险很大。十二时又复痉挛,这回脑的方面倒还在其次了,心脏中的霉菌的毒非常衰弱,以致血行不良,皮肤现出黑色,在臂上捺一下,凹下白色的痕好久还不回复。这一日里,院长山本博士,助手蒲君,看护妇永井君白君,前后都到,山本先生自来四次,永井君留住我家,帮助看病。第一天在混乱中过去了,次日病人虽不见变坏,可是一昼夜以来每两小时一回的樟脑注射毫不见效,心脏还是衰弱,虽然热度已减至三八至九度之间。这天下午因为病人想吃可可糖,我赶往哈达门去买,路上时时为不祥的幻想所侵袭,直到回家看见毫无动静这才略略放心。第三天是火曜日,勉强往学校去,下午三点半正要上课,听说家里有电话来叫,赶紧又告假回来,幸而这回只是梦呓,并未发生什么变化。夜中十二时山本先生诊后,始宣言性命可以无虑。十二日以来,经了两次的食盐注射,三十次以上的樟脑注射,身上拥着大小七个的冰囊,在七十二小时之末总算已离开了死之国土,这真是万幸的事了。

　　山本先生后来告诉川岛君说,那日曜日他以为一定不行的了。大约是第二天,永井君也走到弟妇的房里躲着下泪,她也觉得这小朋友怕要为了什么而辞去这个家庭了。但是这病人竟从万死中逃得一生,不知是那里来的力量。医呢,药呢,她自己或别的不可知之力呢?但我知道,如没有医药及大家的救护,她总是早已不存了。我若是一种宗派的信徒,我的感谢便有所归,而且当初的惊怖或者也可减少,但是我不能如此,我对于未知之力有时或感着惊异,却还没有致感谢的那么深密的接触。我现在所想致感谢者在人而不在自然,我很感谢山本先生与永井君的热心的帮助,虽然我也还不曾忘记四年前给我医治肋膜炎的劳苦。川岛斐君二君每日殷勤的访问,也是应该致谢的。

　　整整的睡了一星期,脑部已经渐好,可以移动,遂于十九日午前搬往医院,她的母亲和"姊姊"陪伴着,因为心脏尚须疗治,住在院里较为便利,省得医生早晚两次赶来诊察。现在温度复原,脉搏亦渐恢复,她卧在我曾经住过两个月的病室的床上,只靠着一个冰枕,胸前放着一个小冰囊,伸出两只手来,在那里唱歌。妻同我商量,若子的兄姊十岁的时候,都花过十来块钱,分给用人并吃点东西当作纪念,去年因为筹不出这笔款,所以没有这样办,这回病好之后,须得设法来补作并以祝贺病愈。她听懂了这会话的意思,便反对说:"这样办不好。倘若今年作了十岁,那么明年岂不还是十一岁么?"我们听了不禁破颜一笑。唉,这个小小的情景,我们在一星期前那里敢梦想到呢?

紧张透了的心一时殊不容易松放开来。今日已是若子病后的第十一日,下午因为稍觉头痛告假在家,在院子里散步,这才见到白的紫的丁香都已盛开,山桃烂熳的开始憔悴了,东边路旁爱罗先珂君回俄国前手植作为纪念的一株杏花已经零落净尽,只剩有好些绿蒂隐藏嫩叶的底下。春天过去了,在我们彷徨惊恐的几天里,北京这好像敷衍人似的短促的春光早已偷偷的走过去了。这或者未免可惜,我们今年竟没有好好的看一番桃杏花。但是花明年会开的,春天明年也会再来的,不妨等明年再看;我们今年幸而能够留住了别个一去将不复来的春光,我们也就够满足了。

今天我自己居然能够写出这篇东西来,可见我的凌乱的头脑也略略静定了,这也是一件高兴的事。

一九二五年四月二十二日雨夜

唁辞

昨日傍晚，妻得到孔德学校的陶先生的电话，只是一句话，说："齐可死了。"齐可是那边的十年级学生，听说因患胆石症（？）往协和医院乞治，后来因为待遇不亲切，改进德国医院，于昨日施行手术，遂不复醒。她既是校中高年级生，又天性豪爽而亲切，我家的三个小孩初上学校，都很受她的照管，好像是大姐一样，这回突然死别，孩子们虽然惊骇，却还不能了解失却他们老朋友的悲哀，但是妻因为时常住校也和她很熟，昨天闻信后为茫然久之，一夜都睡不着觉，这实在是无怪的。

死总是很可悲的事，特别是青年男女的死，虽然死的悲痛不属于死者而在于生人。照常识看来，死是还了自然的债，与生产同样的严肃而平凡，我们对于死者所应表示的是一种敬意，犹如我们对于走到标竿下的竞走者，无论他是第一者，或中途跌过几跤而最后走到。在中国现在这样状况之下，"死之赞美者"（Peisithanatos）的话未必全无意义，那么"年华虽短而忧患亦少"也可以说是好事，即使尚未能及未见日光者的幸福。然而在死者纵使真是安乐，在生人总是悲痛。我们哀悼死者，并不一定是在体察他灭亡之悲哀，实在多是引动追怀，痛切的发生今昔存殁之感。无论怎样的相信神灭，或是厌世，这种感伤恐终不易摆脱。日本诗人小林一茶在《俺的春天》里记他的女儿聪女之死，有这几句：

……她遂于六月二十一日与荞华同谢此世。母亲抱着死儿的脸，荷荷的大哭，这也是难怪的了。到了此刻，虽然明知逝水不归，落花不再返枝，但无论怎样达观，终于难以断念的，正是这恩爱的羁绊。诗以志哀：

　　露水的世呀，

　　虽然是露水的世，

　　虽然是这样。

虽然是露水的世，然而自有露水的世的回忆，所以仍多哀感。美式林克在《青鸟》上有一句平庸的警句曰："死者生存在活人的记忆上。"齐女士在世十九年，在家庭学校亲族友朋之间，当然留下许多不可磨灭的印象，随在足以引起悲哀，我们体念这些人的心情，实在不胜同情，虽然别无劝慰的话可说。死本是无善恶的，但是它加害于生人者却非浅鲜，也就不能不说它是恶的了。

我不知道人有没有灵魂，而且恐怕以后也永不会知道，但我对于希冀死后生活之心情觉得很能了解。人在死后倘尚有灵魂的存在如生前一般，虽然推想起来也不免有些困难不易解决，但因此不特可以消除灭亡之恐怖，即所谓恩爱的羁绊也可得到适当的安慰。人有什么不能满足的愿望，辄无意的投影于仪式或神话之上，正如表示在梦中一样。传说上李夫人杨贵妃的故事，民俗上童男女死后被召为天帝使者的信仰，都是无聊之极思，却也是真的人情之美的表现：我们知道这是迷信，但我确信这样虚幻的迷信里也自有其美与善的分子存在。这于死者的家人亲友是怎样好的一种慰藉，倘若他们相信——只要能够相信，百岁之后，或者在梦中夜里，仍得与已死的亲爱者相聚，相见！然而，可惜我们不相应的受到了科学的灌洗，既失却先人的可祝福的愚蒙，又没有养成画廊派哲人（Stoics）的超绝的坚忍，其结果是恰如牙根里露出的神经；因了冷风热气随时益增其痛楚。对于幻灭的现代人之遭逢不幸，我们于此更不得不特别表示同情之意。

我们小女儿若子生病的时候，齐女士很惦念她，现在若子已经好起来，还没有到学校去和老朋友一见面，她自己却已不见了。日后若子回忆起来时，也当永远是一件遗恨的事吧。

一九二五年五月二十六日夜

中国20世纪名家散文经典

代快邮

刀羽兄：

这回爱国运动可以说是盛大极了，连你也挂了白文小章跑的那么远往那个地方去。我说"连你"，意思是说你平常比较的冷静，并不是说你非爱国专家，不配去干这宗大事，这一点要请你原谅。但是你到了那里，恐怕不大能够找出几个志士——自然，揭帖，讲演，劝捐，查货，敲破人家买去的洋灯罩（当然是因为仇货），这些都会有的，然而城内的士商代表一定还是那副脸嘴吧？他们不谈钱水，就谈稚老鹤老，或者仍旧拿头来比屁股，至于在三伏中还戴着尖顶纱秋，那还是可恶的末节了。在这种家伙队里，你能够得到什么结果？所以我怕你这回的努力至少有一半是白费的了。

我很惭愧自己对于这些运动的冷淡一点都不轻减。我不是历史学家，也不是遗传学者，但我颇信丁文江先生所谓的谱牒学，对于中国国民性根本的有点怀疑：吕滂（G.Le Bon）的《民族发展之心理》及《群众心理》（据英日译本，前者只见日译）于我都颇有影响，我不很相信群众或者也与这个有关。巴枯宁说，历史的唯一用处是教我们不要再这样，我以为读史的好处是在能预料又要这样了；我相信历史上不曾有过的事中国此后也不会有，将来舞台上所演的还是那几出戏，不过换了脚色，衣服与看客。五四运动以来的民气作用，有些人诧为旷古奇闻,以为国家将兴之兆,其实也是古已有之,汉之党人,宋之太学生,明之东林,前例甚多,照现在情形看去与明季尤相似;门户倾轧,骄兵悍将,流寇,外敌,其结果——总之不是文艺复兴!孙中山未必是崇祯转生来报仇,我觉得现在各色人中倒有不少是几社复社,高杰左良玉,李自成吴三桂诸人的后身。阿尔文夫人看见她的儿子同他父亲一样的在那里同使女调笑,叫道"僵尸"!我们看了近来的情状怎能不发同样的恐怖与惊骇?佛教我是不懂的,但这"业"——种性之可怕,我也痛切的感到。即使说是自然的因果,用不着怎么诧异,灰心,然而也总不见得可以叹许,乐观:你对高山说希望中国会好起来,我不能赞同你,虽然也承认你的热诚与好意。

其实我何尝不希望中国会好起来?不过看不见好起来的征候,所以还不能希望罢了。好起来的征候第一是有勇气。古人云:"知耻近乎勇。"中国人现在就不知耻。我们大讲其国耻,但是限于"一致对外",这便是卑鄙无耻的办法。三年前在某校讲演,关于国耻我有这样几句话:

> 我想国耻是可以讲的,而且也是应该讲的。但是我这所谓国耻并不专指丧失什么国家权利的耻辱,乃是指一国国民丧失了他们作人的资格的羞耻。这样的耻辱才真是国耻。……
>
> 中国女子的缠足,中国人之吸鸦片,买卖人口,都是真正的国耻,比被外国欺侮还要可耻。缠足,吸鸦片,买卖人口的中国人,即使用了俾士麦毛奇这些人才的力量,凭了强力解决了一切的国耻问题,收回了租界失地以至所谓藩属,这都不能算作光荣,中国人之没有作人的资格的羞耻依然存在。固然,缠足,吸鸦片,买卖人口的国民,无论如何崇拜强权,到底能否强起来,还是别一个问题。……

这些意见我到现在还没有什么更改。我并不说不必反抗外敌,但觉得反抗自己更重要得多,因为不但这是更可耻的耻辱,而且自己不改悔也就决不能抵抗得过别人。所以中国如要好起来,第一应当觉醒,先知道自己没有作人的资格至于被人欺侮之可耻,再有勇气去看定自己的丑恶,痛加忏悔,改革传统的谬思想恶习惯,以求自立,这才有点希望的萌芽:总之中国人如没有自批巴掌的勇气,一切革新都是梦想,因为凡有革新皆从忏悔生的。我们不要中国人定期正式举行忏悔大会,对证古本的自怨自艾,号泣于旻天,

我只希望大家伸出一只手来摸摸胸前脸上这许多疮毒和疙瘩。照此刻的样子,以守国粹夸国光为爱国,一切中国所有都是好的,一切中国所为都是对的,在这个期间,中国是不会改变的,不会改好,即使也不至于变得再坏。革命是不会有的,虽然可以有换朝代;赤化也不会有的,虽然可以有扰乱杀掠。可笑日本人称汉族是革命的国民,英国人说中国要赤化了,他们对于中国事情真是一点都不懂。

近来为了雪耻问题平伯和西谛大打其架,不知你觉得怎样?我的意思是与平伯相近。他所说的话有些和"敌报"相像,但这也不足为奇,萧伯讷罗素诸人的意见在英国看来何尝不是同华人一鼻孔出气呢?平伯现在固然难与萧罗诸公争名,但其自己谴责的精神我觉得是一样的可取的。

密思忒西替羌不久将往西藏去了,他天天等着你回来,急于将一件关系你的尊严的秘密奉告。现在我暗地里先通知了你,使你临时不至仓皇失措。其事如下:有一天我的小侄儿对我们臧否人物,他说:"那个报馆的小孩儿最可恶,他这样的(作手势介),'喂,小贝!小贝!'……"他自己虽只有三岁半,却把你认作同僚,你的蓄养多年的胡须在他眼睛里竟是没有,这种大胆真可佩服,虽然对于你未免有点失敬。——连日大雨,苦雨斋外筑起了泥堤,总算侥幸免于灌浸,那个夜半乱跳吓坏了疑古君的老虾蟆,又出来呱呱的大叫了,令我想起去年的事,那时你正坐在黄河船里那。草草。

一九二五年七月二十七日

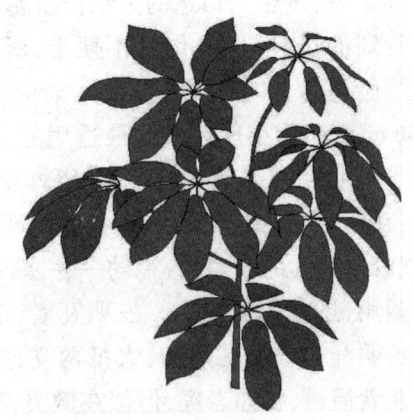

乌篷船

子荣君：

　　接到手书，知道你要到我的故乡去，叫我给你一点什么指导。老实说，我的故乡，真正觉得可怀恋的地方，并不是那里；但是因为在那里生长，住过十多年，究竟知道一点情形，所以写这一封信告诉你。

　　我所要告诉你的，并不是那里的风土人情，那是写不尽的，但是你到那里一看也就会明白的，不必啰嗦的多讲。我要说的是一种很有趣的东西，这便是船。你在家乡平常总坐人力车，电车，或是汽车，但在我的故乡那里这些都没有，除了在城内或山上是用轿子以外，普通代步都是用船。船有两种，普通坐的都是"乌篷船"，白篷的大抵作航船用，坐夜航船到西陵去也有特别的风趣，但是你总不便坐，所以我也就可以不说了。乌篷船大的为"四明瓦"（Sy－menngoa），小的为脚划船（划读如 uoa）亦称小船。但是最适用的还是在这中间的"三道"，亦即三明瓦。篷是半圆形的，用竹片编成，中夹竹箬，上涂黑油；在两扇"定篷"之间放着一扇遮阳，也是半圆的，木作格子，嵌着一片片的小鱼鳞，径约一寸，颇有点透明，略似玻璃而坚韧耐用，这就称为明瓦。三明瓦者，谓其中舱有两道，后舱有一道明瓦也。船尾用橹，大抵两支，船首有竹篙，用以定船。船头着眉目，状如老虎，但似在微笑，颇滑稽而不可怕，唯

白篷船则无之。三道船篷之高大约可以使你直立，舱宽可以放下一顶方桌，四个人坐着打麻将——这个恐怕你也已学会了吧？小船则真是一叶扁舟，你坐在船底席上，篷顶离你的头有两三寸，你的两手可以搁在左右的舷上，还把手都露出在外边。在这种船里仿佛是在水面上坐，靠近田岸去时泥土便和你的眼鼻接近，而且遇着风浪，或是坐的少不小心，就会船底朝天，发生危险，但是也颇有趣味，是水乡的一种特色。不过你总可以不必去坐，最好还是坐那三道船吧。

　　你如坐船出去，可是不能像坐电车的那样性急，立刻盼望走到。倘若出城，走三四十里路（我们那里的里程是很短，一里才及英里三分之一），来回总要预备一天。你坐在船上，应该是游山的态度，看看四周物色，随处可见的山，岸旁的乌桕，河边的红蓼和白苹，渔舍，各式各样的桥，困倦的时候睡在舱中拿出随笔来看，或者冲一碗清茶喝喝。偏门外的鉴湖一带，贺家池，壶觞左近，我都是喜欢的，或者往娄公埠骑驴去游兰亭（但我劝你还是步行，骑驴或者与你不很相宜），到得暮色苍然的时候进城上都挂着薜荔的东门来，倒是颇有趣味的事。倘若路上不平静，你往杭州去时可于下午开船，黄昏时候的景色正最好看，只可惜这一带地方的名字我都忘记了。夜间睡在舱中，听水声橹声，来往船只的招呼声，以及乡间的犬吠鸡鸣，也都很有意思。雇一只船到乡下去看庙戏，可以了解中国旧戏的真趣味，而且在船上行动自如，要看就看，要睡就睡，要喝酒就喝酒，我觉得也可以算是理想的行乐法。只可惜讲维新以来这些演剧与迎会都已禁止，中产阶级的低能人别在"布业会馆"等处建起"海式"的戏场来，请大家买票看上海的猫儿戏。这些地方你千万不要去。——你到我那故乡，恐怕没有一个人认得，我又因为在教书不能陪你去玩，坐夜船，谈闲天，实在抱歉而且惆怅。川岛君夫妇现在俙山下，本来可以给你介绍，但是你到那里的时候他们恐怕已经离开故乡了。初寒，善自珍重，不尽。

一九二六年一月十八日夜于北京

上海气

　　我终于是一个中庸主义的人:我很喜欢闲话,但是不喜欢上海气的闲话,因为那多是过了度的,也就是俗恶的了。上海滩本来是一片洋人的殖民地;那里的(姑且说)文化是买办流氓与妓女的文化,压根儿没有一点理性与风致。这个上海精神便成为一种上海气,流布到各处去,造出许多可厌的上海气的东西,文章也是其一。

　　上海气之可厌,在关于性的问题上最明了的可以看出。他的毛病不在猥亵而在其严正。我们可以相信性的关系实占据人生活动与思想的最大部分,讲些猥亵话,不但是可以容许,而且觉得也有意思,只要讲得好。这有几个条件:一有艺术的趣味,二有科学的了解,三有道德的节制。同是说一件性的事物,这人如有了根本的性知识,又会用了艺术的选择手段,把所要说的东西安排起来,那就是很有文学趣味,不,还可以说有道德价值的文字。否则只是令人生厌的下作话。上海文化以财色为中心,而一般社会上又充满着饱满颓废的空气,看不出什么饥渴似的热烈的追求。结果自然是一个满足了欲望的犬儒之玩世的态度。所以由上海气的人们看来,女人是娱乐的器具,而女根是丑恶不祥的东西,而性交又是男子的享乐的权利,而在女人则又成为污辱的供献。关于性的迷信及其所谓道德都是传统的,所以一切新的性知识道德以至新的女性无不是他们嘲笑之的,说到女学生更是什么都错,因为她们不肯力遵"古训"如某甲所说。上海气的精神是"崇信圣道,维持礼教"的,无论笔下口头说的是什么话。他们实在是反穿皮马褂的道学家,圣道会中人。

自新文学发生以来,有人提倡"幽默",世间遂误解以为这也是上海气之流亚,其实是不然的。幽默在现代文章上只是一种分子,其他主要的成分还是在上边所说的三项条件。我想,这大概就从艺术的趣味与道德的节制出来的,因为幽默是不肯说的过度,也是 Sophrosune——我想就译为"中庸"的表现。上海气的闲话却无不说得过火,这是根本上不相像的了。

上海气是一种风气,或者是中国古已有之的,未必一定是有了上海滩以后方才发生的也未可知,因为这上海气的基调即是中国固有的"恶化",但是这总以在上海为最浓重,与上海的空气也最调和,所以就这样的叫他,虽然未免少少对不起上海的朋友们。这也是复古精神之一,与老虎狮子等牌的思想是殊途同归的。在此刻反动时代,他们的发达正是应该的吧。

一九二六年二月二十七日于北京

谈酒

这个年头儿,喝酒倒是很有意思的。我虽是京兆人,却生长在东南的海边,是出产酒的有名地方。我的舅父和姑父家里时常作几缸自用的酒,但我终于不知道酒是怎么作法,只觉得所用的大约是糯米,因为儿歌里说:"老酒糯米作,吃得变nionio"——末一字是本地叫猪的俗语。

作酒的方法与器具似乎都很简单,只有煮的时候的手法极不容易,非有经验的工人不办,平常作酒的人家大抵聘请一个人来,俗称"酒头工",以自己不能喝酒者为最上,叫他专管鉴定煮酒的时节。有一个远房亲戚,我们叫他"七斤公公"——他是我舅父的族叔,但是在他家里作短工,所以舅母只叫他作"七斤老",有时也听见她叫"老七斤",是这样的酒头工,每年去帮人家作酒;他喜吸旱烟,说玩话,打马将,但是不大喝酒(海边的人喝一两碗是不算能喝,照市价计算也不值十文钱的酒),所以生意很好,时常跑一二百里路被招到诸暨嵊县去。据他说这实在并不难,只须走到缸边屈着身听,听见里边起泡的声音切切察察的,好像是螃蟹吐沫(儿童称为蟹煮饭)的样子,便拿来煮就得了;早一点酒还未成,迟一点就变酸了。但是怎么是恰好的时期,别人仍不能知道,只有听熟的耳朵才能够断定,正如古董家的眼睛辨别古物一样。

大人家饮酒多用酒盅,以表示其斯文,实在是不对的。正

当的喝法是用一种酒碗,浅而大,底有高足,可以说是古已有之的香宾杯。平常起码总是两碗,合一"串筒",价值似是六文一碗。串筒略如倒写的凸字,上下部如一与三之比,以洋铁为之,无盖无嘴,可倒而不可筛,据好酒家说酒以倒为正宗,筛出来的不大好吃。唯酒保好于量酒之前先"荡"(置水于器内,摇荡而洗涤之谓)串筒,荡后往往将清水之一部分留在筒内,客嫌酒淡,常起争执,故喝酒老手必先戒堂倌以勿荡串筒,并监视其量好放在温酒架上。能饮者多索竹叶青,通称曰"本色","元红"系状元红之略,则着色者,唯外行人喜饮之。在外省有所谓花雕者,唯本地酒店中却没有这样东西。相传昔时人家生女,则酿酒贮花雕(一种有花纹的酒坛)中,至女儿出嫁时用以饷客,但此风今已不存,嫁女时偶用花雕,也只临时买元红充数,饮者不以为珍品。有些喝酒的人预备家酿,却有极好的,每年作醇酒若干坛,按次第埋园中,二十年后掘取,即每岁皆得饮二十年陈的老酒了。此种陈酒例不发售,故无处可买,我只有一回在旧日业师家里喝过这样好酒,至今还不曾忘记。

　　我既是酒乡的一个土著,又这样的喜欢谈酒,好像一定是个与"三酉"结不解缘的酒徒了。其实却大不然。我的父亲是很能喝酒的,我不知道他可以喝多少,只记得他每晚用花生米水果等下酒,且喝且谈天,至少要花费两点钟,恐怕所喝的酒一定很不少了。但我却是不肖,不,或者可以说有志未逮,因为我很喜欢喝酒而不会喝,所以每逢酒宴我总是第一个醉与脸红的。自从辛酉患病后,医生叫我喝酒以代药饵,定量是勃兰地每回二十格阑姆,蒲陶酒与老酒等倍之,六年以后酒量一点没有进步,到现在只要喝下一百格阑姆的花雕,便立刻变成关夫子了(以前大家笑谈称作"赤化",此刻自然应当谨慎,虽然是说笑话)。有些有不醉之量的,愈饮愈是脸白的朋友,我觉得非常可以欣羡,只可惜他们愈能喝酒便愈不肯喝酒,好像是美人之不肯显示她的颜色,这实在是太不应该了。

　　黄酒比较的便宜一点,所以觉得时常可以买喝;其实别的酒也未尝不好。白干于我未免过凶一点,我喝了常怕口腔内要起泡,山西的汾酒与北京的莲花白虽然可喝少许,也总觉得不很和善。日本的清酒我颇喜欢,只是仿佛新酒模样,味道不很静定。葡萄酒与橙皮酒都很可口,但我以为最好的还是勃兰地。我觉得西洋人不很能够了解茶的趣味,至于酒则很有工夫,决不下于中国。天天喝洋酒当然是一个大的漏卮,正如吸烟卷一般,但不必一定进国货党,咬定牙根要抽净丝,随便喝一点什么酒其实都是无所不可的,至

少是我个人这样的想。

喝酒的趣味在什么地方？这个我恐怕有点说不明白。有人说，酒的乐趣是在醉后的陶然的境界，但我不很了解这个境界是怎样的，因为我自饮酒以来似乎不大陶然过，不知怎的我的醉大抵都只是生理的，而不是精神的陶醉。所以照我说来，酒的趣味只是在饮的时候，我想悦乐大抵在作的这一刹那，倘若说是陶然那也当是杯在口的一刻吧。醉了，困倦了，或者应当休息一会儿，也是很安舒的，却未必能说酒的真趣是在此间。昏迷，梦魇，呓语，或是忘却现世忧患之一法门；其实这也是有限的，倒还不如把宇宙性命都投在一口美酒里的耽溺之力还要强大。我喝着酒，一面也怀着"杞天之虑"，生恐强硬的礼教反动之后将引起颓废的风气，结果是借醇酒妇人以避礼教的迫害。沙宁（Sanin）时代的出现不是不可能的。但是，或者在中国什么运动都未必彻底成功，青年的反拨力也未必怎么强盛，那么杞天终于只是杞天，仍旧能够让我们喝一口非耽溺的酒也未可知。倘若如此，那时喝酒又一定另外觉得很有意思了吧？

一九二六年六月二十日于北京

闲话四则

一

沉默是一切的最好的表示。"吾爱——吾爱"地私语尚不是恋爱的究竟成就，天乎天乎的呼唤也还不足表出极大的悲哀；在这些时候真的表示应是化石般的，死的沉寂。有奇迹在眼前发现，见者也只是沉默，发怔，无论这是藤帽底下飞出一只鹁鸽或是死人复活。不可能的与不会有的事情发生都是同样的奇迹，同样的不可思议。譬如有人把一个人活活的吞下去了，无论后来吐不吐出来，看客一定瞠目结舌说不出话。将来还吐出来呢，那是变的上好的戏法，值得惊服；倘若不吐出来，那么就是简直把他果了腹，正如同煮了吃或蒸了吃一样，这也是言语道断，还有什么话可说。"查得吃人一事，与公理正义显有不合……"这样说法岂不是只有傻子才说的呆话？

三月十八日以来北京有了不少的奇迹，结果是沉默，沉默，再是沉默。这是对的，因为这是唯一适当的对付法。

但是这又可以表示别的意思，一是恐惧，二是赞成。不过在我们驯良的市民，这是怎么一个比例，那可就很不易说了。

二

　　天下奇事真是不但无独而且还有偶。最近报载日本政府也要下令取缔思想了,只可惜因为怕学界反抗,终于还未发表。中国呢,学界隐居于六国饭店等地方了;这一点究竟是独而难偶的,是日本所决不能及的。

　　取缔思想这四个字真正下的妙极,昏极亦趣极。俄国什么小说中有乡下人曾这样的说:"大野追风,拔鬼尾巴!"恰是适切的评语。追风犹追屁,不过追不着罢了,拔鬼尾巴便不大妥当了。这不但是鬼的小尾巴是拔不住的,万一侥天之幸而拔住了——拔住了又怎么样呢?鬼尾巴的前头不是还有一个鬼?你将怎么办?这好像是"倒拔蛇",拔的出时是你的运气,但或者同时也是你的晦气。日本的政治家缺少历史知识,这是很可惜的,虽然他们的跨躇还有可取,毕竟比从前白俄的官宪高明的多了。

　　在中国,似乎有点不同,这只能说是拔猪尾巴吧,如在大糖房胡同所常见似的。

　　天下奇事到底是有独而无偶。

一九二六年五月

三

　　平常大家认为重罪的强奸,在乱时便似乎不大希奇了,传说,新闻,以至知县的公文上都冠冕堂皇的说及,仿佛只是天桥茶客打架似的一件极普通的官司。是的,这在乱世是没有法的,因为乱世的特色是乱,俗语云:"乱世的人还不如太平的狗。"在乱时战区内的妇女的命运大约就是两种(逃走和躲避的自然除外),一是怕强奸而自尽的,二是被强奸而活着的。第一种自有人来称她作烈女烈妇,加以种种哀荣,至少也有一首歌咏。第二种人则将为人所看不起,如同光时代的"长毛嫂嫂",虽然她们也是可哀而且——可敬的。忍辱与苦恐怕在人类生存上是一个重要的原素,正如不肯忍辱与苦是别一个重要的原素一样。我们想到现存的人民多半是她们的苗裔,对于那些喜讲风凉话的云孙耳孙们真觉得不很能表赞同了。

　　一本古书上说,据历来的传说,在不知几千年前,有一回平定京师的时

候,一个游勇强奸了妇女,还对她说,不准再被别人强奸。男性道德的精义全在这里了,他或者是讲风凉话的鼻祖罢?——喔!强奸怎么能作闲话的材料?我看了报上节俭的记述,仿佛觉得想说一两句话,不过这个题目实在太难,也只得节俭一点把笔"带住"了。

四

难民——这是现在北京的名物之一,几乎你往城内的任何处都能看见的,我在北京溷了十年(前清时也曾来过一次),这种景象还是初次见到。难民的家怎么样了,我因为不曾目击过,想不出来,但见了这副人工乞丐似的身命也就够不愉快了,而尤其使我不愉快的乃是难民妇女的脚。她们的脚自然向来是如此,并不是被难之后才裹,或因逃难而特别走尖的。然而这实在尖的太可怕了。我以前的确也见过些神秘的小脚,几乎使人诧异"脚在那里"?地那么小,每令我感到自己终是野蛮民族而发出"我最喜欢见女人的天足"的慨叹。现在看见这脚长在难民身上,便愈觉得怃然。我并不说难民不配保有小脚,我只不知怎的感到小脚与难民之神妙的关系,仿佛可以说小脚是难民的原因似的。我自知也是她们的同族,但心里禁不住想,你们的遭难是应该的,可怜,你们野蛮民族。身上刺青,雕花,涂颜色,著耳鼻唇环的男女,被那有机关枪,追击炮,以及飞机——啊,以及飞机的文明人所虐杀,岂不是极自然与当然的么?喔,我愿这是一个恶梦,一觉醒来,不见那些国粹的难民,国货的小脚!

但是这愿望或者太奢了。上帝未必肯见听吧?

一九二六年六月

两个鬼

在我们的心头住着 Du Daimon，可以说是两个——鬼。我踌躇着说鬼，因为他们并不是人死所化的鬼，也不是宗教上的魔，善神与恶神，善天使与恶天使。他们或者应该说是一种神，但这似乎太尊严一点了，所以还是委屈他们一点称之曰鬼。

这两个是什么呢？其一是绅士鬼，其二是流氓鬼。据王学的朋友说人是有什么良知的，教士说有灵魂，维持公理的学者们也说凭着良心，但我觉得似乎都没有这些，有的只是那两个鬼，在那里指挥我的一切的言行。这是一种双头政治，而两个执政还是意见不甚协和的，我却像一个钟摆在这中间摇着。有时候流氓占了优势，我便跟了他去彷徨，什么大街小巷的一切隐密无不知悉，酗酒，斗殴，辱骂，都不是作不来的，我简直可以成为一个精神上的"破脚骨"。但是在我将真正撒野，如流氓之"开天堂"等的时候，绅士大抵就出来高叫"带住，着即带住"！说也奇怪，流氓平时不怕绅士，到得他将要撒野，一听绅士的吆喝，不知怎的立刻一溜烟的走了。可是他并不走远，只在弄头弄尾探望，他看绅士领了我走，学习对淑女们的谈吐与仪容，渐渐的由说漂亮话而进于摆臭架子，于是他又赶出来大骂道："Nohk oh dausangtzr kehniarngsaeh fiaulctong, tserntsenzeh doodzang kaeh moavaehtoang yuachu！"（案此流氓文大半

有音无字,故今用拼音,文句也不能直译,大意是说:"你这混账东西,不要臭美,肉麻当作有趣。")这一下之子,棋又全盘翻过来了。而流氓专政即此渐渐的开始。

挪威的巨人易卜生有一句格言曰:"全或无。"诸事都应该彻底才好,那么我似乎最好是去投靠一面,"以身报国"似的作去,必有发达之一日,一句话说,就是如不能作"受路足"的无赖便当学为水平线上的乡绅。不过我大约不能够这样作。我对于两者都有点舍不得,我爱绅士的态度与流氓的精神。绅士不肯"叫一个铲子是铲子",我想也是对的,倘若叫铲子便有了市侩的俗恶味,但是也不肯叫作别的东西那就很错了。我不很愿意在作文章时用电码八三一一,然而并不是不说,只是觉得可以用更好的字,有时或更有意思。我为这两个鬼所迷,着实吃苦不少,但在绅士的从肚脐画一大圈及流氓的"村妇骂街"式的言语中间,也得到了不少的教训,这总算还是可喜的。我希望这两个鬼能够立宪,不,希望他们能够结婚,倘若一个是女流氓,那么中间可以生下理想的王子来,给我们作任何种的元首。

一九二六年七月

中国 20 世纪名家散文经典

闭户读书论

自唯物论兴而人心大变。昔者世有所谓灵魂等物,大智固亦以轮回为苦,然在凡夫则未始不是一种慰安,风流士女可以续未了之缘,壮烈英雄则曰:"二十年后又是一条好汉。"但是现在知道人的性命只有一条,一失足成千古恨,再回头已百年身,只有上联而无下联,岂不悲哉!固然,知道人生之不再,宗教的希求可以转变为社会活动,不求未来的永生,但求现世的善生,勇猛的冲上前去,造成恶活不如好死之精神,那也是可能的。然而在大多数凡夫却有点不同,他的结果不但不能砭顽起懦,恐怕反要使得懦夫有卧志了吧。

"此刻现在",无论在相信唯物或是有鬼论者都是一个危险时期。除非你是在作官,你对于现时的中国一定会有好些不满或是不平。这些不满和不平积在你的心里,正如噎嗝患者肚里的"痞块"一样,你如没有法子把他除掉,总有一天会断送你的性命。那么,有什么法子可以除掉这个痞块呢?我可以答说,没有好法子。假如激烈一点的人,且不要说动,单是乱叫乱嚷起来,想出出一口鸟气,那就容易有共党朋友的嫌疑,说不定会同逃兵之流一起去正了法。有鬼论者还不过白折了二十年光阴,只有一副性命的就大上其当了。忍耐着不说呢,恐怕也要变成忧郁病,倘若生在上海,迟早总跳进黄浦江里去,也不管公安局钉立的木牌说什么死得死不得。结局

是一样,医好了烦闷就丢掉了性命,正如门板夹直了驼背。那么怎么办好呢?我看,苟全性命于乱世是第一要紧,所以最好是从头就不烦闷。不过这如不是圣贤,只有作官的才能够,如上文所述,所以平常下级人民是不能仿效的。其次是有了烦闷去用方法消遣。抽大烟,讨姨太太,赌钱,住温泉场等,都是一种消遣法,但是有些很要用钱,有些很要用力,寒士没有力量去作。我想了一天才算想到了一个方法,这就是"闭户读书"。

记得在没有多少年前曾经有过一句很行时的口号,叫作"读书不忘救国"。其实这是很不容易的。西儒有言,二鸟在林不如一鸟在手,追两兔者并失之。幸而近来"青运"已经停止,救国事业有人担当,昔日辘轳体的口号今成戳上的小题,专门读书,此其时矣,闭户云者,聊以形容,言其专一耳,非真辟札则不把卷,二者有必然之因果也。

但是,敢问读什么呢?《经》,自然,这是圣人之典,非读不可的,而且听说三民主义之源盖出于《四书》,不特维礼教即为应考试计,亦在所必读之列,这是无可疑的了。但我所觉得重要的还是在于乙部,即是四库之史部。老实说,我虽不大有什么历史癖,却是很有点历史迷的。我始终相信《二十四史》是一部好书,他相对诚恳的告诉我们过去曾如此,现在是如此,将来要如此。历史所告诉我们的在表面的确只是过去,但现在与将来也就在这里面了:正史好似人家祖先的神像,画的特别庄严点,从这上面却总还看的出子孙的面影,至于野史等更有意思,那是行乐图小照之流,更充足的保存真相,往往令观者拍案叫绝,叹遗传之神妙。正如獐头鼠目再生于十世之后一样,历史的人物亦常重现于当世的舞台,恍如夺舍重来,慑人心目,此可怖的悦乐为不知历史者所不能得者也。通历史的人如太乙真人目能见鬼,无论自称为什么,他都能知道这是谁的化身,在古卷上找得他的元形,自盘庚时代以降一一具在,其一再降凡之迹若示诸掌焉。浅学者流妄生分别,或以二十世纪,或以北伐成功,或以农军起事划分时期,以为从此是另一世界,将大有改变,与以前绝对不同,仿佛是旧人霎时死绝,新人自天落下,自地涌出,或从空桑中跳出来,完全是两种生物的样子:此正是不学之过也。宜趁现在不甚适宜于说话作事的时候,关起门来努力读书,翻开故纸,与活人对照,死书就变成活书,可以得道,可以养生,岂不懿欤?——喔,我这些话真说的太抽象而不得要领了。但是,具体的又如何说呢?我又还缺少学问,论理还应少说闲话,多读经史才对,现在赶紧打住吧。

一九二八年十一月吉日

金鱼

草木虫鱼之一我觉得天下文章共有两种,一种是有题目的,一种是没有题目的。普通作文章大都先有意思,却没有一定的题目,等到意思写出了之后,再把全篇总结一下,将题目补上。这种文章里边似乎容易出些佳作,因为能够比较自由的发表,虽然后写题目是一件难事,有时竟比写本文还要难些。但也有时候,思想散乱不能集中,不知道写什么好,那么先定下一个题目,再作文章,也未始没有好处,不过这有点近于赋得,很有作出试帖诗来的危险罢了。偶然读英国密伦(A. A. milne)的小品文集,有一处曾这样说,有时排字房来催稿,实在想不出什么东西来写,只好听天由命,翻开字典。随手抓到的就是题目。有一回抓到金鱼,结果果然有一篇金鱼收在集里。我想这倒是很有意思的事,也就来一下子,写一篇金鱼试试看,反正我也没有什么非说不可的大道理,要尽先发表,那么来作赋得的咏物诗也是无妨,虽然并没有排字房催稿的事情。

说到金鱼,我其实是很不喜欢金鱼的,在豢养的小动物里边,我所不喜欢的,依着不喜欢的程度,其名次是叭儿狗,金鱼,鹦鹉。鹦鹉身上穿着大红大绿,满口怪声,很有野蛮气,叭儿狗的身体固然太小,还比不上一只猫,(小学教科书上却还在说,猫比狗小,狗比猫大!)而鼻子尤其耷的难过。我平常不

大喜欢耸鼻子的人,虽然那是人为的,暂时的,把鼻子耸动,并没有永久的将它缩作一堆。人的脸上固然不可没有表情,但我想只要淡淡的表示就好,譬如微微一笑,或者在眼光中露出一种感情,——自然,恋爱与死等可以算是例外,无妨有比较强烈的表示,但也似乎不必那样掀起鼻子,露出牙齿,仿佛是要咬人的样子。这种嘴脸只好放到影戏里去,反正与我没有关系。因为二十年来我不曾看电影。然而金鱼恰好兼有叭儿狗与鹦鹉二者的特点,它只是不用长绳子牵了在贵夫人的裙边跑,所以减等发落,不然这第一名恐怕准定是它了。

我每见金鱼一团肥红的身体,突出两只眼睛,转动不灵的在水中游泳,总会联想到中国的新嫁娘,身穿红布袄裤,扎着裤腿,拐着一对小脚伶俜的走路。我知道自己有一种毛病,最怕看真的,或是类似的小脚。十年前曾写过一篇小文曰《天足》,起头第一句云:"我最喜看见女人的天足,"曾蒙友人某君所赏识,因为他也是反对"务必脚小"的人。我倒并不是怕作野蛮,现在的世界正如美国洛威教授的一本书名,谁都有"我们是文明么"的疑问,何况我们这道统国。刮呀割呀都是常事,无论个人怎么努力,这个野蛮的头衔休想去掉,实在凡是稍有自知之明,不是夸大狂的人,恐怕也就不大有想去掉的这种野心与妄想。小脚女人所引起的另一种感想乃是残忍,这是极不愉快的事,正如驼背或脖子上挂着一个大瘤,假如这是天然的,我们不能说是嫌恶,但总之至少不喜欢看总是确实的了。有谁会赏鉴驼背或大瘤呢?金鱼突出眼睛,便是这一类的现象。另外有叫作绯鲤的。大约是它的表兄弟罢,一样的穿着大红棉袄,只是不开衩,眼睛也是平平的装在脑袋瓜儿里边,并不比平常的鱼更为鼓出,因此可见金鱼的眼睛是一种残疾,无论碰在水草上时容易戳瞎乌珠,就是平常也一定近视的了不得,要吃馒头末屑也不大方便罢。照中国人喜欢小脚的常例推去,金鱼之爱可以说宜乎众矣,但在不佞实在是两者都不敢爱,我所爱的还只是平常的鱼而已。

想象有一个大池,——池非大不可,须有活水,池底有种种水草才行,如从前碧云寺的那个石池,虽然老实说起来,人造的死海似的水洼都没有多大意思,就是三海也是俗气寒碜气,无论这是那一个大皇帝所造,因为皇帝压根儿就非俗恶粗暴不可,假如他有点儿懂得风趣,那就得亡国完事,至于那些俗恶的朋友也会亡国,那是另一回事。如今话又说回来,一个大池,里边如养着鱼,那最好是天空或水的颜色的,如鲫鱼,其次是鲤鱼。我这样的分等级,好像是以肉的味道为标准,其实不然。我想水里游泳着的鱼应当是暗

黑色的才好，身体又不可太大，人家从水上看下去，窥探好久，才看见隐隐的一条在那里，有时或者简直就在你的鼻子前面，等一忽儿却又不见了，这比一件红冬冬的东西渐渐的近摆来，好像望那西湖里的广告船（据说是点着红灯笼，打着鼓），随后又渐渐的远开去，更为有趣的多。鲫鱼便具备这种资格，鲤鱼未免个儿太大一点，但他是要跳龙门去的，这又难怪他。此外有些白鲦，细长银白的身体，游来游去，仿佛是东南海边的泥鳅龙船，有时候不知为什么事出了惊，拨剌地翻身即逝，银光照眼，也能增加水界的活气。在这样地方，无论是金鱼，就是平眼的绯鲤，也是不适宜的。红袄裤的新嫁娘，如其脚是小的，那只好就请她在炕上趴或坐着，即使不然，也还是坐在房中，在油漆气芸香或花露水气中，比较的可以得到一种调和。所以金鱼的去处还是富贵人家的绣房，浸在五彩的磁缸中，或是玻璃的圆球里，去和叭儿狗与鹦鹉作伴侣罢了。

几个月没有写文章，天下的形势似乎已经大变了，有志要作新文学的人，非多讲某一套话不容易出色。我本来不是文人，这些时式的变迁，好歹于我无干，但以旁观者的地位看去，我倒是觉得可以赞成的。为什么呢？文学上永久有两种潮流，言志与载道。二者之中，则载道易而言志难。我写这篇赋得金鱼，原是有题目的文章，与帖括有点相近，盖已少言志而多载道欤。我虽未敢自附于新文学之末，但自己觉得颇有时新的意味，故附记于此，以志作风之转变云耳。

一九三〇年三月十日

志摩纪念

面前书桌上放着九册新旧的书,这都是志摩的创作,有诗,文,小说,戏剧,——有些是旧有的,有些给小孩们拿去看丢了,更新买来的,《猛虎集》是全新的,衬页上写了这几行字:"志摩飞往南京的前一天,在景山东大街遇见,他说还没有送你《猛虎集》,今天从志摩的追悼会出来,在景山书社买得此书。"

志摩死了,现在展对遗书,就只感到古人的人琴俱亡这一句话,别的没有什么可说。志摩死了,这样精妙的文章再也没有人能作了,但是,这几册书遗留在世间,志摩在文学上的功绩也仍长久存在。中国新诗已有十五六年的历史,可是大家都不大努力,更缺少锲而不舍的继续努力的人,在这中间志摩要算是唯一的忠实同志,他前后苦心的创办诗刊,助成新诗的生长,这个劳绩是很可纪念的,他自己又孜孜矻矻的从事于创作,自《志摩的诗》以至《猛虎集》,进步很是显然,便是像我这样外行也觉得这是显然。散文方面志摩的成就也并不小,据我个人的愚见,中国散文中现有几派,适之仲甫一派的文章清新明白,长于说理讲学,好像西瓜之有口皆甜,平伯废名一派涩如青果,志摩可以与冰心女士归在一派,仿佛是鸭儿梨的样子,流丽轻脆,在白话的基本上加入古文方言欧化种种成分,使引车卖浆之徒的话进而为一种富有表现力的文章,这就是单从文体变迁上讲也是很大的一个贡献了。志摩的诗,文,以及小说戏剧在新文学上的位置与价值,将来自有公正的文学史家会来精查公布,我这里只是笼统的回顾一下,觉得他半生的成绩已经很够不朽,而在这壮年,尤其是在这艺术地"复活"的时期中途凋丧,更是中国文学的一大损失了。

　　但是,我们对于志摩之死所更觉得可惜的是人的损失。文学的损失是公的,公摊了时个人所受到的只是一份,人的损失却是私的,就是分担也总是人数不会太多而分量也就较重了。照交情来讲,我与志摩不算顶深,过从不密切。所以留在记忆上想起来时可以引动悲酸的情感的材料也不很多,但即使如此我对于志摩的人的悼惜也并不少。的确如适之所说,志摩这人很可爱,他有他的主张,有他的派路,或者也许有他的小毛病,但是他的态度和说话总是和蔼真率,令人觉得可亲近,凡是见过志摩几面的人,差不多都受到这种感化,引起一种好感,就是有些小毛病小缺点也好像脸上某处的一颗小黑痣,也是造成好感的一小小部分,只令人微笑点头,并没有嫌憎之感。有人戏称志摩为诗哲,或者笑他的戴印度帽,实在这些戏弄里都仍含有好意的成分,有如老同窗要举发从前吃戒尺的逸事,就是有派别的作家加以攻击,我相信这所以招致如此怨恨者也只是志摩的阶级之故,而决不是他的个人。适之又说志摩是诚实的理想主义者,这个我也同意,而且觉得志摩因此更是可尊了。这个年头儿,别的什么都有,只是诚实却早已找不到,便是爪哇国里恐怕也不会有了罢,志摩却还保守着他天真烂漫的诚实,可以说是世所希有的奇人了。我们平常看书看杂志报章,第一感到不舒服的是那伟大的说谎,上自国家大事,下至社会琐闻,不是恬然的颠倒黑白,便是无诚意的弄笔头,其实大家也各自知道是怎么一回事,自己未必相信,也未必望别人相信,只觉得非这样的说不可,知识阶级的人挑着一副担子,前面是一筐子马克思,后面一口袋尼采,也是数见不鲜的事,在这时候有一两个人能够诚实不欺的在言行上表现出来,无论这是哪一种主张,总是很值得我们的尊重的了。关于志摩的私德,适之有代为辩明的地方,我觉得这并不成什么问题。为爱惜私人名誉起见,辩明也可以说是朋友的义务,若是从艺术方面看去这似乎无关重要。诗人文人这些人,虽然与专作好吃的包子的厨子,雕好看的石像的匠人,略有不同,但总之小德逾闲与否其艺术没有多少关系,这是我想可以明言的。不过这也有例外,假如是文以载道派的艺术家,以教训指导我们大众自任,以先知哲人自任的,我们在同样谦恭地接受他的艺术以前,先要切实地检察他的生活,若是言行不好,那便是假先知,须得谨防上

他的当。现今中国的先知有几个禁得起这种检察的呢,这我可不得而知了。这或者是我个人的偏见亦未可知,但截至现在我还没有找到觉得更对的意见,所以对于志摩的事也就只得仍是这样的看下去了。

志摩死后已是二十几天了,我早想写小文纪念他,可是这从那里去着笔呢?我相信写得出的文章大抵都是可有可无的,真的深切的感情只有声音,颜色,姿势,或者可以表出十分之一二,到了言语便有点儿可疑,何况又到了文字。文章的理想境界我想应该是禅,是个不立文字,以心传心的境界,有如世尊拈花,迦叶微笑,或者一声"且道",如棒敲头,夯的一下顿然明了,才是正理,此外都不是路。我们回想自己最深密的经验,如恋爱和死生之至欢极悲,自己以外只有天知道,何曾能够于金石竹帛上留下一丝痕迹,即使呻吟作苦,勉强写下一联半节,也只是普通的哀辞和定情诗之流,那里道得出一分苦甘,只看汗牛充栋的集子里多是这样物事,可知除圣人天才之外谁都难逃此难。我只能写可有可无的文章,而纪念亡友又不是可以用这种文章来敷衍的,而纪念刊的收稿期限又迫切了,不得已还只得写,结果还只能写出一篇可有可无的文章,这使我不得不重又叹息。这篇小文的次序和内容差不多是套适之在追悼会所发表的演辞的,不过我的话说的很是素朴粗笨,想起志摩平素是爱说老实话的,那么我这种老实的说法或者是志摩的最好纪念亦未可知,至于别的一无足取也就没有什么关系了。

民国二十年十二月十三日于北平

关于苦茶

去年春天偶然作了两首打油诗,不意在上海引起了一点风波,大约可以与今年所谓中国本位的文化宣言相比,不过有这差别,前者大家以为是亡国之音,后者则是国家将兴必有祯祥罢了。此外也有人把打油诗拿来当作历史传记读,如字的加以检讨,或者说玩古董那必然有些钟鼎书画吧。或者又相信我专喜谈鬼,差不多是蒲留仙一流人。这些看法都并无什么用意,也于名誉无损,用不着声明更正,不过与事实相远这一节总是可以奉告的。其次有一件想象的事,但是却颇愉快的,一位友人因为记起吃苦茶的那句话,顺便买了一包特种的茶叶拿来送我。这是我很熟的一个朋友,我感谢他的好意,可是这茶实在太苦,我终于没有能够多吃。

据朋友说这叫作苦丁茶。我去查书,只在日本书上查到一点,云系山茶科的常绿灌木,干粗,叶亦大,长至三四寸,晚秋叶腋开白花,自生山地间,日本名曰唐茶(Tocha),一名龟甲茶,汉名皋芦,亦云苦丁。赵学敏《本草拾遗》卷六云:

> 角刺茶,出徽州。土人二三月采茶时兼采十大功劳叶,俗名老鼠刺,叶曰苦丁,和匀同炒,焙成茶,货与尼庵,转售富家妇女,云妇人服之终身不孕,为断产第一妙药也。每斤银八钱。

茶十大功劳与老鼠刺均系五加皮树的别名，属于五加科，又是落叶灌木，虽亦有苦丁之名，可以制茶，似与上文所说不是一物，况且友人也不说这茶喝了可以节育的。再查类书关于皋芦却有几条，《广州记》云：

皋卢，茗之别名。叶大而涩，南人以为饮。

又《茶经》有类似的话云：

南方有瓜芦木，亦似茗，至苦涩，取为屑茶饮亦可通夜不眠。

《南越志》则云：

若苦涩，亦谓之过罗。

此木盖出于南方，不见经传，皋卢云云本系土俗名，各书记录其音耳。但是这是怎样的一种植物呢，书上都未说及，我只好从茶壶里去拿出一片叶子来，仿佛制腊叶似的弄的干燥平直了，仔细看时，我认得这乃是故乡常种的一种坟头树，方言称作枸朴树的就是，叶长二寸，宽一寸二分，边有细锯齿，其形状的确有点像龟壳。原来这可以泡茶吃的，虽然味大苦涩，不但我不能多吃，便是且将就斋主人也只喝了两口，要求泡别的茶吃了。但是我很觉得有兴趣，不知道在白菊花以外还有些什么叶子可以当茶？《毛诗草木鸟兽虫鱼疏》《山有栲》一条下云：

山樗生山中，与下田樗略大无异，叶似差狭耳，吴人以其叶为茗。

《五杂组》卷十一云：

以绿豆微炒，投沸汤中倾之，其色正绿。香味亦不减新茗，宿村中觅茗不得者可以此代。

此与现今炒黑豆作咖啡正是一样。又云：

北方柳芽初茁者采之入汤,云其味胜茶。曲阜孔林楷木其芽可烹。闽中佛手柑橄榄为汤,饮之清香,色味亦旗枪之亚也。

卷十记孔林楷木条下云:

其芽香苦,可烹以代茗,亦可干而茹之,即俗云黄连头。

孔林否未得瞻仰,不知楷木为何如树,唯黄连头则少时尝茹之,且颇喜欢吃,以为有福建橄榄豉之风味也。关于以木芽代茶,《湖雅》卷二亦有二则云:

桑芽茶,案山中有木俗名新桑荑,采嫩芽可代茗,非蚕所食之桑也。

柳芽茶,案柳芽亦采以代茗,嫩碧可爱,有色而无香味。

江谢城此处所说与谢在杭不同,但不佞却有点左袒汪君,因为其味胜茶的说法觉得不大靠得住也。

许多东西都可以代茶,咖啡等洋货还在其外,可是我只感到好玩,有这些花样,至于我自己还只觉得茶好,而且茶也以绿的为限,红茶以至香片嫌其近于咖啡,这也别无多大道理,单因为从小在家里吃惯本山茶叶耳。口渴了要喝水,水里照例泡进茶叶去,吃惯了就成了规矩,如此而已。对于茶有什么特别了解,赏识,哲学或主义么。这未必然。一定喜欢苦茶,非苦的不喝么?这也未必然。那么为什么诗里那么说,为什么又叫作庵名,岂不是假话么?那也未必然。今世虽不出家亦不打诳语。必要说明,还是去小学上找罢。吾友沈兼士先生有诗为证,题曰《又和一首自调》,此系后半首也:

端透于今变澄彻　鱼模自古读歌麻
眼前一例君须记　荼苦原来即苦茶

二十四年二月

中国20世纪名家散文经典

北平的春天

北平的春天似乎已经开始了,虽然我还不大觉得。立春已过了十天,现在是七九六十三的起头了,布衲摊在两肩,穷人该有欣欣向荣之意。光绪甲辰即一九〇四年小除那时我在江南水师学堂曾作一诗云:

　　一年倏就除,风物何凄紧。
　　百岁良悠悠,白日催人尽。
　　既不为大椿,便应如朝菌。
　　一死息群生,何处问灵蠢。

但是第二天除夕我又作了这样一首云:

　　东风三月烟花好,
　　凉意千山云树幽。
　　冬最无情今归去,
　　明朝又得及春游。

这诗是一样的不成东西,不过可以表示我总是很爱春天的。春天有什么好呢,要讲他的力量及其道德的意义,最好去查盲诗人爱罗先珂的抒情诗的演说,那篇世界语原稿是由我

笔录,译本也是我写的,所以约略都还记得,但是这里眷录自然也更可不必了。春天的是官能的美,是要去直接领略的,关门歌颂一无是处,所以这里抽象的话暂且割爱。

且说我自己的关于春的经验,都是与游有相关的。古人虽说以鸟鸣春,但我觉得还是在别方面更感到春的印象,即是水与花木。迂阔的说一句,或者这正是活物的根本的缘故罢。小时候,在春天总有些出游的机会,扫墓与香市是主要的两件事,而通行只有水路,所在又多是山上野外,那么这水与花木自然就不会缺少的。香市是公众的行事,禹庙南镇香炉峰为其代表,扫墓是私家的,会稽的乌石头调马场等地方至今在我的记忆中还是一种代表的春景。庚子年三月十六日的日记云:

> 晨坐船出东郭门,挽纤行十里,至绕门山,今称东湖,为陶心云先生所创修,堤计长二百丈,皆植千叶桃垂柳及女贞子各树,游人颇多。又三十里至富盛埠,乘兜轿过市行三里许,越岭,约千余级。山上映山红牛郎花甚多,又有蕉藤数株,着花蔚蓝色,状如豆花,结实即刀豆也,可入药,路旁皆竹林,竹萌之出土者粗于碗口而长仅二三寸,颇为可观。忽闻有声如鸡鸣,阁阁然,山谷皆响,问之轿夫,云系雉鸡叫也。又二里许过一溪,阔数丈,水没及骭,舁者乱流而渡,水中圆石颗颗,大如鹅卵,整洁可喜。行三四里至墓所,松柏夹道,颇称闳壮。方祭时,小雨簌簌落衣袂间,幸即晴霁。下山午餐,下午开船。将进城门,忽天色如墨,雷电并作,大雨倾注,至家不息。

旧事重提,本来没有多大意思,这里只是举个例子,说明我春游的观念而已。我们本是水乡的居民,平常对于水不觉得怎么新奇,要去临流赏玩一番,可是生平与水太相习了,自有一种情分,仿佛觉得生活的美与悦乐之背景里都有水在,由水而生的草木次之,禽虫又次之。我非不喜禽虫,但他总离不了草木,不但是吃食,也实是必要的寄托,盖即使以鸟鸣春,这鸣也得在枝头或草原上才好,若是雕笼金锁,无论怎样的鸣的起劲,总使人听了索然兴尽也。

话休烦絮。到底北平的春天怎么样了呢。老实说,我住在北平已将二十年,不可谓不久矣,对于春游却并无什么经验。妙峰山虽热闹,尚无暇瞻

仰,清明郊游只有野哭可听耳。北平缺少水气,使春光灭了成色,而气候变化稍剧,春天似不曾独立存在,如不算他是夏的头,亦不妨称为冬的尾,总之风和日暖让我们着了单夹可以随意徜徉的时候真是极少,刚觉得不冷就要热了起来了。不过这春的季候自然还是有的。第一,冬之后明明是春,且不说节气上的立春也已过了。第二,生物的发生当然是春的证据,牛山和尚诗云,春叫猫儿猫叫春,是也。人在春天却是懒散,雅人称曰春困,这似乎是别一种表示。所以北平到底还是有他的春天,不过太慌张一点了,又欠腴润一点,叫人有时来不及尝他的味儿,有时尝了觉得稍枯燥了,虽然名字还叫作春天,但是实在就把他当作冬的尾,要不然便是夏的头,反正这两者在表面上虽差得远,实际上对于不大承认他是春天原是一样的。

　　我倒还是爱北平的冬天。春天总是故乡的有意思。虽然这是三四十年前的事,现在怎么样我不知道。至于冬天,就是三四十年前的故乡的冬天我也不喜欢:那些手脚生冻疮,半夜里醒过来像是悬空挂着似的上下四旁都是冷气的感觉,很不好受,在北平的纸糊过的屋子里就不会有的。在屋里不苦寒,冬天便有一种好处,可以让人家作事,手不僵冻,不必炙砚呵笔,于我们写文章的人大有利益。北平虽几乎没有春天,我并无什么不满意,盖吾以冬读代春游之乐久矣。

廿五年二月十四日

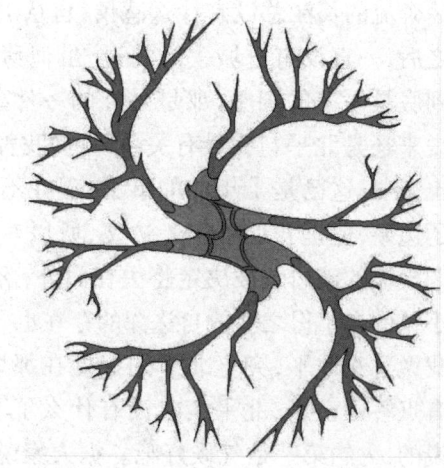

北平的好坏

不佞住在北平已有二十个年头了。其间曾经回绍兴去三次,往日本去三次,时间不过一两个月,又到过济南一次,定县一次,保定两次,天津四次,通州三次,多则五六日,少或一天而已。因此北平于我的确可以算是第二故乡,与我很有些情分,虽然此外还有绍兴,南京,以及日本东京,我也住过颇久。绍兴是我生长的地方,有好许多山水风物至今还时时记起,如有闲暇很想记述一点下来,可是那里天气不好,寒暑水旱的时候都有困难,不甚适于住家。南京的六年学生生活也留下好些影响与感慨,背景却是那么模糊的,我对于龙蟠虎踞的钟山与浩荡奔流的长江总没有什么感情,自从 1906 年肩铺盖出仪凤门之后,一直没有进城去瞻礼过,虽似薄情实在也无怪的。东京到底是人家的国土,那是另外的一件事情。归根结蒂在现今说来还是北平与我最有关系,从前我曾自称京兆人,盖非无故也,不过这已是十年前的事了,现在不但不是国都,而且还变了边塞,但是我们也能爱边塞,所以对于北平仍是喜欢;小孩们坐惯的破椅子被决定将丢在门外,落在打小鼓的手里,然而小孩的舍不得之情故自深深的存在也。

我说喜欢北平,究竟北平的好处在那里呢?这条策问我一时有点答不上来,北平实在没有什么了不得的好处。我们可以说的,大约第一是气候好吧。据人家说,北平的天色特别

蓝,太阳特别猛,月亮也特别亮。习惯了不觉得,有朋友到江浙去一走,或是往德法留学,便很感着这个不同了。其次是空气干燥,没有那泛潮时的不愉快,于人的身体总当有些益处。民国初年我在绍兴的时候,每到夏天,玻璃箱里的几本洋书都长上白毛,有些很费心思去搜求来的如育珂的《白蔷薇》,因此书面上便有了"白云风"似的瘢痕,至今看了还是不高兴。搬到北京来以后,这种毛病是没有了,虽然瘢痕不会消灭,那也是没法的事。第三,北平的人情也好,至少总可以说是大方。大方,这是很不容易的,因为这里边包含着宽容与自由。我觉得世间最可怕的是狭隘。一切的干涉与迫害就都从这里出来的。中国人的宿疾是外强中干,表面要摆架子,内心却无自信,随时怀着恐怖,看见别人一言一动,便疑心是在骂他或是要危害他,说是度量窄排斥异己,其实是精神不健全的缘故。小时候遇见远亲里会拳术的人,因为有恃无恐,取人己两不犯的态度,便很显得大方,从容。北平的人难道都会打拳,但是总有那么一种空气,使居住的人觉得安心,不像在别的都市仿佛已严密的办好了保甲法,个人的举动都受着街坊的督察,仪式起居的一点独异也会有被窥伺或告发的可能。中国的上上下下的社会都不扫自己门前的雪,却专管人家屋上的霜,不惜踏碎邻家的瓦或爬坍了墙头,因此如有不是那么作的,也总是难得而可贵了。从别一方面说,也可以说这正是北平的落伍,没有统制。不过天下事本不能一律而论,有喜欢统制人或被统制的,也有都不喜欢的,这有如宗教信仰,信徒对了菩萨叩头如捣蒜,用神方去医老太爷的病,在少信的人无妨看作泥塑木雕的偶像,根据保护信教自由的法令,固然未便上前捣毁,看了走开。回到无神的古庙去歇宿,只好各行其是耳。

　　北平也有我所不喜欢的东西,第一就是京戏。小时候看过些敬神的社戏,戏台搭在旷野中间,不但看的人自由来去,锣鼓声也不大喧闹,乡下人又只懂得看,即使不单赏识筋斗翻得多,也总要看这里边的故事,唱的怎么是不大有人理会的。乙巳(1905年)的冬天与二十三个同学到北京练兵处来应留学考试;在西河沿住过一个月,曾经看了几次戏,租看的红纸戏目,木棍一样窄的板凳,台上扮演的丫环手淫;都还约略有点记得;查那时很简单的《北行日记》,还剩有这几条记录:

　　"十二月初九日,下午偕公岐采卿椒如至中和园观剧,见小叫天演时,已昏黑矣。"

　　"初十日,下午偕公岐椒如至广德楼观剧,朱素云演黄鹤楼,朱颐通文墨云。"

"十六日，下午同采卿访榆荪，见永嘉胡俨庄君，同至广德楼观戏。"

三十二年中人事变迁的很多，榆荪当防疫处长，染疫而殁，已在十多年前，椒如为渤海舰队司令，为张宗昌所杀，徐柯二君亦久不通音信了，我自己有三十年以上不曾进戏园，也可以算是一种改变吧。我厌恶中国旧剧的理由有好几个。其一，中国超阶级的升官发财多妻的腐败思想随处皆是，而在小说戏文里最为浓厚显著。其二，虚伪的仪式，装腔作势，我都不喜欢，觉得肉麻，戏台上的动作无论怎么有人赞美，我总看了不愉快。其三，唱戏的音调，特别是非戏子的在街上在房中的清唱，不知怎的我总觉得与八股鸦片等有什么关系，有一种麻痹性，胃里不受用。至于金革之音，如德国性学大师希耳息弗尔特在他的游记《男与女》第二十四节中所说，"乐人在铜锣上打出最高音"，或者倒还在其次，因为这在中国不算最闹也。游记同节中云：

"中国人的听觉神经一定同我们构造的不同，这在一个中国旅馆里比在中国戏园还更容易看出来。"由是观之，铜锣的最高音究竟还是乐人所打的，比旅馆里的通夜蜜蜂巢似的哄哄然终要胜一筹也。

我反对旧剧的意见不始于今日，不过这只是我个人的意见，自己避开戏园就是了，也本不必大声疾呼，想去警世传道，因为如上文所说，趣味感觉各人不同，往往非人力所能改变，固不特鸦片小脚为然也。但是现在情形有点不同了，自从无线电广播发达以来，出门一望但见四面多是歪斜碎裂的竹竿，街头巷尾充满着非人世的怪声，而其中以戏文为多，简直使人无所逃于天地之间，非硬听京戏不可，此种压迫实在比苛捐杂税还要难受。中国不知从那一年起，唱歌的技术永远失传了，唐宋时妓女能歌绝句和词，明有擘破玉打草竿挂枝儿等，清朝窑姐儿也有窑调的小曲，后来忽的消灭，至今自上至下都只会唱戏，我无闲去打茶围，惭愧不知道八大胡同唱些什么，但看酒宴余兴，士大夫无复念唐诗或试帖者，大都高歌某种戏剧一段，此外白昼无聊以及黑夜怕鬼的走路人口中哼哼有词，也全是西皮二黄而非十杯酒儿，可知京戏已经统制了中国国民的感情了。无线电台专门转播戏园里的音乐正无足怪，而且本是很顺舆情的事，不幸城门失火殃及池鱼，要叫我硬听这些我所不要听的东西，即使如德国老博士在旅馆一样用棉花塞了耳朵孔也还是没用，有时真使人感到道地的绝望。俗语云，黄连树下弹琴，苦中作乐。中国人很有这样精神，大家装上无线电，那些收音机却似乎都从天桥地摊上买来的，恐怕不过三四毛一个，发出来的声音老是那么古怪，似非人间世所有。这不但是戏文，便是报告也都是如此，声音苍哑涩滞，声调局促呆板，语

中国20世纪名家散文经典

句固然难听懂,只觉得嘈杂不好过。看画报上所载,电台里有好几位漂亮的女士管放送的事,不知道什么时候才开口,为什么我们现在所听见的总是这样难听的古怪话呢。我有时候听了不禁消极,心想中国话果真是如此难听的一种言语么?我不敢相信,但耳边听着这样的话,实在觉得十分难听。我想到,中国现今各方面似乎都缺少人。我又想到,中国接收外来文化往往不善利用,弄得反而丑恶讨厌。无线电是顶好的一个例。这并不限定是北平一地方的事,但是因北平的事实而感到,所以也就算在他的账上了。

总而言之,我对于北平大体上是很喜欢的,他的气候与人情比别处要好些,宜于居住,虽然也有缺点,如无线电广播的难听,其次是多风尘,变成了边塞。这真是一把破椅子了,放在门外边,预备给打小鼓的拿去,这个时候有人来出北平特辑,未免有点不识时务吧,但是我们在北平的人总是很感激的,我之不得不于烦忙中特为写此小文者盖亦即以表此感激之意也。

一九三六五月九日于北平

中国 20 世纪名家散文经典

自己的文章

听说俗语里有一句话,人家的老婆与自己的文章总觉得是好的。既然是通行的俗语,那么一定有道理在里边,大家都已没有什么异议的了,不过在我看来却也不尽然的地方。关于第一点,我不曾有过经验,姑且不去讲她。文章呢,近四十年来古文白话胡乱的涂写了不少,自己觉得略有所知,可是我毫不感到天下文风全在绍兴而且本人就是城里第一。不,读文章不论选学桐城,稍稍辨别得一点好坏,写文章也微微懂得一点苦甘冷暖,结果只有"一丁点儿"的知,而知与信乃是不大合得来的,既知文章有好坏,便自然难信自己的都是好的了。

听人家称赞我的文章好,这当然是愉快的事,但是这愉快大抵也就等于看了主考官的批,是很荣幸的,然而未必切实。有人好意的说我的文章写的平淡,我听了很觉得喜欢但也很惶恐。平淡,这是我所最缺少的,虽然也原是我的理想,而事实上绝没有能够作到一分毫,盖凡理想本来即其所最缺少而不能作到者也。现在写文章自然不能再讲什么义法格调,思想实在是很重要的,思想要充实已难。要表现的好更难了,我所有的只有焦躁,这说的好听一点是积极,但其不能写成好文章来反正总是一样。民国十四年我在《雨天的书序》二中说:

我近来作文极慕平淡自然的景地。但是看古代

或外国文学才有此种作品,自己还梦想不到而能作的一天,因为这有气质境地与年龄的关系,不可勉强,像我这样褊急的脾气的人,生在中国这个时代,实在难望能够从容镇静地作出平和冲淡的文章来。

又云:

我很反对为道德的文学,但自己总作不出一篇为文章的文章,结果只编集了几卷说教集,这是何等滑稽的矛盾。

近日承一位日本友人寄给我一册小书,题曰《北京的茶食》,内凡有《上下身》《死之默想》《沉默》《碰伤》等九篇小文,都是民十五左右所写的,译成流丽的日本文,固然很可欣幸,我重读一遍却又十分惭愧,那时所写真是太幼稚的兴奋了。过了十年,是民国二十四年了,我在《苦茶随笔》后记中说道:

我很惭愧老是那么热心,积极,又是在已经略略知道之后,——难道相信天下真有奇迹么?实实是大错而特错也。以后应当努力,用心写好文章,莫管人家鸟事,且谈草木虫鱼,要紧要紧。

这番叮嘱仍旧没有用处,那是很显然的。孔子曰,鸟兽不可与同群,吾非斯人之徒而谁与。中国是我的本国,是我歌于斯哭于斯的地方,可是眼见得那么不成样子,大事且莫谈,只一出去就看见女人的扎缚的小脚,又如此刻在写字耳边就满是后面人家所收广播的怪声的报告与旧戏,真不禁令人怒从心上起也。在这种情形里平淡的文情那里会出来,手底下永远是没有,只在心目中尚存在耳,所以我的说平淡乃是跛者之不忘履也,诸公同情遂以为真是能履,跛者固不敢承受,诸公殆亦难免有失眼之讥矣。

又或有人改换名目称之曰闲适,意思是表示不赞成,其实在这里也是说得不对的。热心社会改革的朋友痛恨闲适,以为这是布耳乔亚的快乐,差不多就是饱暖懒惰而已。然而不然。闲适是一种很难得的态度,不问苦乐贫富都可以如此,可是又并不是容易学得会的。这可以分作两种。其一是小

闲适,如俞理初在癸巳存稿卷十二关于闲适的文章里有云:

> 秦观词云,醉卧古藤阴下,了不知南北。王铚《默记》以为其言如此,必不能至西方净土。其论甚可憎也。…………盖流连光景,人情所不能无,其托言不知,意本深曲耳。

如农夫终日车水,忽驻足望西山,日落阴凉,河水变色,若欣然有会,亦是闲适,不必卧且醉也。其二可以说是大闲适罢。沈赤然著《寄傲轩读书续笔》卷四云:

> 宋明帝遣药酒赐王景文死,景文将饮酒,谓客曰,此酒不宜相劝。齐明帝遣贵鸩逼巴陵王子伦死,子伦将饮,顾使者曰,此酒非劝客之具,不可相奉。其言何婉而趣也。大都从容镇静之态平时尚可伪为,至临死关头不觉本性全露,若二人者可谓视死如甘寝矣。

又如陶渊明《拟挽歌辞》之三云:

> 向来相送人,各自还其家,亲戚或馀悲,他人亦已歌。

这样的死人的态度真可以说是闲话极了。再看那些参禅看话的和尚,虽似超脱,却还念念不忘腊月二十八,难免陶公要攒眉而去。夫好生恶死人之常情也,他们亦何必那么视死如甘寝,实在是"千年不复朝,贤达无奈何"耳,唯其无奈何所以也就不必多自扰,只以婉而趣的态度对付之,此所谓闲适亦即是大幽默也。但此等难事唯有贤达能作得到,若是凡人就是平常烦恼也难处理,岂敢望这样的大解放乎。总之闲适不是一件容易学的事情,不佞安得混冒!自己查看文章,即流连光景且不易得,文章底下的焦躁总要露出头来,然则闲适亦只是我的一理想而已,而理想之不能作到如上文所说又是当然的事也。

看自己的文章,假如这里边有一点好处,我想只可以说在于未能平淡闲适处,即其文字多是道德的。在《雨天的书序》二中云:

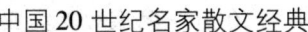 

中国20世纪名家散文经典

我平素最讨厌的是道学家(或照新式称为法利赛人),岂知这正因为自己一个道德家的缘故。我想破坏他们的伪道德不道德的道德,其实却同时非意识的想建设起自己所信的新的道德来。

我的道德观恐怕还当说是儒家的,但左右的道与法两家也都掺合在内,外面只加了些现代科学常识,如生物学人类学以及性的心理,而这末一点在我较为重要。古人有面壁悟道的,或是看蛇斗懂得写字的道理,我却从"妖精打架"上想出道德来,恐不免为傻大姐所窃笑罢。不过好笑的人尽管去好笑,我的意见实实在在以我所知为基本,故自与他人不能苟同。至于文章自己承认未能写的好,朋友们称之曰平淡或闲适而赐以称许或嘲骂,原是随意,但都不很对,盖不佞以为自己的文章的好处或不好处全不在此也。

二十五年九月二日在北平

《旧约》与恋爱诗

《旧约》是犹太教与基督教的经典,但一面也是古代希伯来的国民文学,正同中国的五经一样。《诗经》中间有许多情诗,小学生在书房里高声背诵;《旧约》的《雅歌》更是热烈奔放,神甫们也说是表神之爱的。但这是旧事重提,欧洲现今的情形便已不然了:美国神学博士谟尔(G.F.Moore)在所著《旧约的文学》第二十四章内说:"这书(指《雅歌》)中反复申说的一个题旨,是男女间的热烈的官能的恋爱。……在一世纪时,这书虽然题著所罗门的名字,在严正的宗派看来不是圣经;后来等到他们发现——或者不如说加上——了一个譬喻的意义,说他是借了夫妇的爱情在那里咏叹神与以色列的关系,这才将他收到经文里去。"这几句话说的很是明了,可见《雅歌》的价值全是文学上的,因为他本是恋爱歌集;那些宗教的解释,都是后人附加上去的了。

但我看见《新佛教》的基督教批评号里,有一篇短语,名《基督教与妇人》,却说"《雅歌》一章虽寄意不在妇人,然而他把妇人的人格实在看的太轻飘了"。又引了第八章第六节作证据,说"是极不好的状妇人之词"。其实这节只是形容爱与妒的猛烈;我们不承认男女关系是不洁的事,所以也不承认爱与妒为不好:"爱情如死之坚强,嫉恨如阴间之残忍。"这真是极好的句,是真挚的男女关系的极致,并没有什么不好的地

中国20世纪名家散文经典

方。若说男女的不平等,那在古代是无怪的,在东方为尤甚印度的撒提也是一例,但他们基督教徒也未必能引了这个例,便将佛教骂倒,毁损他的价值。

中国从前有一个"韩文公",他不看佛教的书,却作了什么《原道》,攻击佛教,留下很大的笑话。我们所以应该注意,不要作新韩文公才好。

一九二一年一月

新希腊与中国

近来无事，略看关于新希腊的文艺和宗教思想的书，觉得很有点与中国相像。第一是狭隘的乡土观念。如有人问他是哪里人，他决不说希腊或某岛某省，必定举他生长的小地方的名字。即使他幼年出外，在别处住了二十三十年，那里的人并不认他为本地人，他也始终自认是一个"外江佬"(Xenos)。第二是争权。他们有一句俗语云，"好奴仆，坏主人"，便是说一有权势，便不安分。所以先前对土耳其的独立之战，因为革命首领争权，几乎失败。独立之后，政治家又都以首领自居，互相倾轧，议院每年总要解散一回。第三是守旧。本国的风俗习惯都是好的，结婚非用媒婆不可，人死了，亲人（女的）须要唱歌般的哭，送葬的人都与死尸行最后的亲吻。他们又最嫌恶欧化。第四是欺诈。据说那里的东西只有火车票报章和烟卷是有定价，其余都要凭各人的本领临时商定。作买卖的赢了固好，输了贱卖了的时候也坦然的收了钱，心里佩服买主的能干。第五是多神的迷信。一个英国人批评他们说，"希腊国民看到许多哲学者的升降，但终是抓住着他们世袭的宗教。柏拉图与亚利士多德，什诺与伊壁鸠鲁的学说，在希腊人民上面，正如没有这一回事一般。但是荷马与以前时代的多神教却是活着。"详梦占卜，符咒神方，求雨扶乩，中国的这些花样，

那里大抵都有，只除了静坐与采补。我讲了这些话，似乎引了希腊替中国解嘲，大有说"西洋也有臭虫"之意。其实是不尽然。我要说的是希腊同中国一样是老年国，一样有这些坏处，然而他毕竟能够摆脱土耳其的束缚，在现今成为一个像样的国度，这到底是什么缘故？

希腊人有一种特性，也是从先代遗传下来的，是热烈的求生的欲望。他不是只求苟延残喘的活命，乃是希求美的健全的充实的生活。宗教上从古代地母的秘密仪式蜕化来的死后灵肉完足与神合体的思想，说起来"此事话长"，不引也罢，且就国民生活的反影的文艺中引一个例。现代诗人巴拉玛思(Palamas)的小说《一个人的死》里，说少年美忒罗思(Metros)跌伤膝踝，医好之后，脚却有点跛了，他又请许多术士道姑之流，给他医直。一个大术士用脚把他的筋踢断，别一个来加以刀切手拗，又经道姑们鬼混了许久，于是这条腿已非割去不可，但他又不答应，随后因此死了。他为什么好了又请术士来踢断，断了又不肯割呢？他说，"或者将我的腿医好，或者我死。"又说，"用独只脚走还不如死。"小说中云，"他或死了，或是终生残疾，这有什么不同呢？他们实在不大能够分辨出这两件坏事的差别"。他们对于生活是取易卜生的所谓"全或无"的态度，抱着热烈的要求。他们之所以能够在现代的世界上占到地位，便在于此。但是中国却怎样呢？中国人实在太缺少求生的意志，由缺少而几乎至于全无，只要看屡次的战乱或灾殃时候的情形的记载，最近如《南行杂记》第三"大水"的一节，也就可见一斑。自然先生原是"有求必应"的灵菩萨，他们如不大要活，当然著照所请。但是求生是生物的本能，何以竟会没有，所以我曾同一位日本医生谈起，他笑着不肯相信。然而中国人不大有求生意志，却又确是事实。——近来我忽然想到，或者中国人是植物性的，这大约可以说明上边的疑问。其实植物自然也要生活的，如白藤的那样生活法，的确可以惊异，不过我觉得将植物的生活来形容中国人，似乎比动物的更切当一点。

中国人近来常常以平和耐苦自豪，这其实并不是好现象。我并非以平和为不好，只因中国的平和耐苦不是积极的德性，乃是消极的衰耗的征候，所以说不好。譬如一个强有力的人，他有迫压或报复的力量，而隐忍不动，这才是真的平和。中国人的所谓爱平和，实在只是没气力罢了，正如病人一样。这样的没气力下去，当然不能"久于人世"。这个原因大约很长远了，现在且不管他，但救济是很要紧。这有什么法子呢？我也说不出来，但我相信

一点兴奋剂是不可少的;进化论的伦理学上的人观,互助而争存的生活。尼采与托尔斯泰,社会主义与善种学,都是必要。不过中国又最容易误会与利用,如《新青年》九卷二号随感录中所说,讲争存便争权夺利,讲互助便要别人养活他,"扶得东来西又倒",到底没有完善的方法。

一九二一年九月在西山

文艺上的宽容

英国伯利（Bury）教授著《思想自由史》第四章上有几句话道，"新派对于罗马教会的反叛之理智上的根据，是私人判断的权利，便是宗教自由的要义。但是那改革家只对于他们自己这样主张，而且一到他们将自己的信条造成了之后，又将这主张取消了。"这个情形不但在宗教上是如此，每逢文艺上一种新派起来的时候，必定有许多人，——自己是前一次革命成功的英雄，拿了批评上的许多大道理，来堵塞新潮流的进行。我们在文艺的历史上看见这种情形的反复出现，不免要笑，觉得聪明的批评家之希有，实不下于创作的天才。主张自己的判断的权利而不承认他人中的自我，为一切不宽容的原因，文学家过于尊信自己的流别，以为是唯一的"道"，至于蔑视别派为异端，虽然也无足怪，然而与文艺的本性实在很相违背了。

文艺以自己表现为主体，以感染他人为作用，是个人的而亦为人类的，所以文艺的条件是自己表现，其余思想与技术上的派别都在其次，——是研究的人便宜上的分类，不是文艺本质上判分优劣的标准。各人的个性既然是各各不同（虽然在终极仍有相同之一点，即是人性），那么表现出来的文艺，当然是不相同。现在倘若拿了批评上的大道理要去强迫统一，即使这不可能的事情居然实现了，这样文艺作品已经失了他唯一的条件，其实不能成为文艺了。因为文艺的生命是自由不

是平等,是分离不是合并,所以宽容是文艺发达的必要的条件。

然而宽容决不是忍受。不滥用权威去阻遏他人的自由发展是宽容,任凭权威来阻遏自己的自由发展而不反抗是忍受。正当的规则是,当自己求自由发展时对于迫压的势力,不应取忍受的态度;当自己成了已成势力之后,对于他人的自由发展,不可不取宽容的态度。聪明的批评家自己不妨属于已成势力的一分子,但同时应有对于新兴潮流的理解与承认。他的批评是印象的鉴赏,不是法理的判决,是诗人的而非学者的批评。文学固然可以成为科学的研究,但只是已往事实的综合与分析,不能作为未来的无限发展的轨范。文艺上的激变不是破坏[文艺的]法律,乃是增加条文;譬如无韵诗的提倡,似乎是破坏了"诗必须有韵"的法令,其实他只是改定了旧时狭隘的范围,将他放大,以为"诗可以无韵"罢了。表示生命之颤动的文学,当然没有不变的科律;历代的文艺在他自己的时代都是一代的成就,在全体上只是一个过程。要问文艺到什么程度是大成了,那犹如问文化怎样是极顶一样,都是不能回答的事,因为进化是没有止境的。许多人错把全体的一过程认作永久的完成,所以才有那些无聊的争执,其实只是自扰,何不将这白费的力气去作正当的事,走自己的路程呢。

近来有一群守旧的新学者,常拿了新文学家的"发挥个性,注重创造"的话作挡牌,以为他们不应该"而对于为文言者仇雠视之";这意思似乎和我所说的宽容有点相像,但其实是全不相干的。宽容者对于过去的文艺固然予以相当的承认与尊重,但是无所用其宽容,因为这种文艺已经过去了,不是现在的势力所能干涉,便再没有宽容的问题了。所谓宽容乃是说已成势力对于新兴流派的态度,正如壮年人的听任青年的活动:其重要的根据,在于活动变化是生命的本质,无论流派怎么不同,但其发展个性注重创造,同是人生的文学的方向,现象上或是反抗,在全体上实是继续,所以应该宽容,听其自由发育。若是"为文言"或拟古(无论拟古典或拟传奇派)的人们,既然不是新兴的更进一步的流派,当然不在宽容之列。——这句话或者有点语病,当然不是说可以"仇雠视之",不过说用不着人家的宽容罢了。他们遵守过去的权威的人,背后得有大多数人的拥护,还怕谁去迫害他们呢。老实说,在中国现在文艺界上宽容旧派还不成为问题,倒是新派究竟已否成为势力,应否忍受旧派的迫压,却是未可疏忽的一个问题。

临末还有一句附加的说明,旧派的不在宽容之列的理由,是他们不合发展个性的条件。服从权威正是把个性汩没了,还发展什么来。新古典派——并非英国十八世纪的——与新传奇派,是融和而非模拟,所以仍是有个性的。至于现代的古文派,却只有一个拟古的通性罢了。

中国 20 世纪名家散文经典

国粹与欧化

在《学衡》上的一篇文章里,梅光迪君说:"实则模仿西人与模仿古人,其所模仿者不同,其为奴隶则一也。况彼等模仿西人,仅得糟粕,国人之模仿古人者,时多得其神髓乎。"我因此引起一种对于模仿与影响,国粹与欧化问题的感想。梅君以为模仿都是奴隶,但模仿而能得其神髓,也是可取的。我的意见则以为模仿都是奴隶,但影响却是可以的;国粹只是趣味的遗传,无所用其模仿,欧化是一种外缘,可以尽量的容受他的影响,当然不以模仿了事。

倘若国粹这一个字,不是单指那选学桐城的文章和纲常名教的思想,却包括国民性的全部,那么我所假定遗传这一个释名,觉得还没有什么不妥。我们主张尊重各人的个性,对于人性的综合的国民性自然一样尊重,而且很希望其在文艺上能够发展起来,造成有生命的国民文学。但是我们的尊重与希望无论怎样的深厚,也只能以听其自然长发为止,用不着多事的帮助,正如一颗小小的稻或麦的种子,里边原自含有长成一株稻或麦的能力,所需要的只是自然的养护,倘加以宋人的揠苗助长,便反不免要使他"则苗槁矣"了。我相信凡是受过教育的中国人,以不模仿什么人为唯一的条件,听凭他自发的用任何种的文字,写任何种的思想,他的结果仍是一篇"中国

的"文艺作品,有他的特殊的个性与共通的国民性相并存在,虽然这上边可以有许多外来的影响。这样的国粹直沁进在我们的脑神经里,用不着保存,自然永久存在,也本不会消灭的;他只有一个敌人,便是"模仿"。模仿者成了人家的奴隶,只有主人的命令,更无自己的意志,于是国粹便跟了自性死了。好古家却以为保守国粹在于模仿古人,岂不是自相矛盾么?他们的错误,由于以选学桐城的文章、纲常名教的思想为国粹,因为这些都是一时的现象,不能永久的自然的附着于人心,所以要勉强的保存,便不得不以模仿为唯一的手段,奉模仿古人而能得其神髓者为文学正宗了。其实既然是模仿了,决不会再有"得其神髓"这一回事,创作的古人自有他的神髓,但模仿者的所得却只有皮毛,便是所谓糟粕。奴隶无论怎样的遵守主人的话,终于是一个奴隶而非主人;主人的神髓在于自主,而奴隶的本分在于服从,叫他怎样的去得呢?他想作主人,除了从不作奴隶入手以外,再没有别的方法了。

我们反对模仿古人,同时也就反对模仿西人;所反对的是一切的模仿,并不是有中外古今的区别与成见。模仿杜少陵或泰戈尔,模仿苏东坡或胡适之,都不是我们所赞成的,但是受他们的影响是可以的,也是有益的,这便是我对于欧化问题的态度。我们欢迎欧化是喜得有一种新空气,可以供我们的享用,造成新的活力,并不是注射到血管里去,就替代血液之用。向来有一种乡愿的调和说,主张中学为体西学为用,或者有人要疑我的反对模仿欢迎影响说和他有点相似,但其间有这一个差异:他们一种国粹优胜的偏见,只在这条件之上才容纳若干无伤大体的改革,我却以遗传的国民性为素地;尽他本质上的可能的量去承受各方面的影响,使其融和沁透,合为一体,连续变化下去,造成一个永久而常新的国民性,正如人的遗传之逐代增入异分子而不失其根本的性格。譬如国语问题,在主张中学为体西学为用者的意见,大抵以废弃周秦古文而用今日之古文为最大的让步了;我的主张则就单音的汉字的本性上尽最大可能的限度,容纳"欧化",增加他表现的力量,却也不强他所不能作到的事情。照这样看来,现在各派的国语改革运动都是在正轨上走着,或者还可以逼紧一步,只不必到"三株们的红们的牡丹花们"的地步:曲折语的语尾变化虽然是极便利,但在汉文的能力之外了。我们一面不赞成现代人的作骈文律诗,但也并不忽视国语中字义声音两重的对偶的可能性,觉得骈律的发达正是运命的必然,非全由于人为,所以国语文学的趋势虽然向着自由的发展,而这个自然的倾向也大可以利用,炼成音乐与色彩的言语,只要不以词害意就好了。总之我觉得国粹欧化之争是无用的;人不能改变本性,也不能拒绝外缘,到底非大胆的是认两面不可。倘若偏执一面,以为彻底,有如两个学者,一说诗也有本能,一说要"取消本能",大家高论一番,聊以快意,其实有什么用呢?

贵族的与平民的

　　关于文艺上贵族的与平民的精神这个问题,已经有许多人讨论过,大家以为平民的最好,贵族的是全坏的。我自己以前也是这样想,现在却觉得有点怀疑。变动而相连续的文艺,是否可以这样截然的划分;或者拿来代表一时代的趋势,未尝不可,但是可以这样显然的判出优劣么?我想这不免有点不妥,因为我们离开了实际的社会问题,只就文艺上说,贵族的与平民的精神,都是人的表现,不能指定谁是谁非,正如规律的普遍的古典精神与自由的特殊的传奇精神,虽似相反而实并存,没有消灭的时候。

　　人家说近代文学是平民的,十九世纪以前的文学是贵族的,虽然也是事实,但未免有点皮相。在文艺不能维持生活的时代,固然只有那些贵族或中产阶级才能去弄文学,但是推上去到了古代,却见文艺的初期又是平民的了。我们看见史诗的歌咏神人英雄的事迹,容易误解以为"歌功颂德",是贵族文学的滥觞,其实他正是平民的文学的真鼎呢。所以拿了社会阶级上的贵族与平民这两个称号,照着本义移用到文学上来,想划分两种阶级的作品,当然是不可能的事。即使如我先前在《平民的文学》一篇文里,用普遍与真挚两个条件,去作区分平民的与贵族的文学的标准,也觉得不很妥当。我觉得古代的贵族文学里并不缺乏真挚的作品,而真挚的作品便自有普遍的可能性,不论思想与形式的如何。我现在的意见,以为在

文艺上可以假定有贵族的与平民的这两种精神，但只是对于人生的两样态度，是人类共通的，并不专属于某一阶级，虽然他的分布最初与经济状况有关，——这便是两个名称的来源。

平民的精神可以说是淑本好耳所说的求生意志，贵族的精神便是尼采所说的求胜意志了。前者是要求有限的平凡的存在，后者是要求无限的超越的发展；前者完全是入世的，后者却几乎有点出世的了。这些渺茫的话，我们倘引中国文学的例，略略比较，就可以得到具体的释解。中国汉晋六朝的诗歌，大家承认是贵族文学，元代的戏剧是平民文学。两者的差异，不仅在于一是用古文所写，一是用白话所写，也不在于一是士大夫所作，一是无名的人所作，乃是在于两者的人生观的不同。我们倘以历史的眼光看去，觉得这是国语文学发达的正轨，但是我们将这两者比较的读去，总觉得对于后者有一种漠然的不满足。这当然是因个人的气质而异，但我同我的朋友疑古君谈及，他也是这样感想。我们所不满足的，是这一代里平民文学的思想，太是现世的利禄了，没有超越现代的精神；他们是认人生，只是太乐天了，就是对于现状太满意了。贵族阶级在社会上凭借了自己的特殊权利，世间一切可能的幸福都得享受，更没有什么歆羡与留恋，因此引起一种超越的追求，在诗歌上的隐逸神仙的思想即是这样精神的表现。至于平民，于人们应得的生活的快乐还不能得到，他的理想自然是限于这可望而不可即的贵族生活，此外更没有别的希冀，所以在文学上表现出来的是那些功名妻妾的团圆思想了。我并不想因此来判分那两种精神的优劣，因为求生意志原是人性的，只是这一种意志不能包括人生的全体，却也是自明的事实。

我不相信某一时代的某一倾向可以作文艺上永久的模范，但我相信真正的文学发达的时代必须多少含有贵族的精神。求生意志固然是生活的根据，但如没有求胜意志叫人努力的去求"全而善美"的生活，则适应的生存容易是退化的而非进化的了。人们赞美文艺上的平民的精神，却竭力的反对旧剧，其实旧剧正是平民文学的极峰，只因他的缺点太显露了，所以遭大家的攻击。贵族的精神走进歧路，要变成威廉第二的态度，当然也应该注意。我想文艺当以平民的精神为基调，再加以贵族的洗礼，这才能够造成真正的人的文学。倘若把社会上一时的阶级争斗硬移到艺术上来，要实行劳农专政，他的结果一定与经济政治上的相反，是一种退化的现象，旧剧就是他的一个影子。从文艺上说来，最好的事是平民的贵族化，——凡人的超人化，因为凡人如不想化为超人，便要化为末人了。

《沉沦》

我在要谈到郁达夫先生所作的小说集《沉沦》之先，不得不对于"不道德的文学"这一个问题讲几句话，因为现在颇有人认他是不道德的小说。

据美国莫台耳（Mordell）在《文学上的色情》里所说，所谓不道德的文学共有三种，其一不必定与色情相关的，其余两种都是关于性的事情的。第一种的不道德的文学实在是反因袭思想的文学，也就可以说是新道德的文学。例如易卜生或托尔斯泰的著作，对于社会上各种名分的规律加以攻击，要重新估定价值，建立更为合理的生活，在他的本意原是"道德的"，然而从因袭的社会看来，却觉得是"离经叛道"，所以加上他一个不道德的名称。这正是一切革命思想的共通的运命，耶稣，哥白尼，达尔文，尼采，克鲁泡特金都是如此；关于性的问题如惠忒曼、凯本特等的思想，在当时也被斥为不道德，但在现代看来却正是最醇净的道德的思想了。

第二种的不道德的文学应该称作不端方的文学，其中可以分作三类。（一）是自然的。在古代社会上的礼仪不很整饬的时候，言语很是率真放任，在文学里也就留下痕迹，正如现在乡下人的粗鄙的话在他的背景里实在只是放诞，并没有什么故意的挑拨。（二）是反动的，禁欲主义或伪善的清净思想盛行之后，常有反动的趋势，大抵倾向于裸露的描写，因以反

抗旧潮流的威严,如文艺复兴期的法意各国的一派小说,英国王政复古时代的戏曲,可以算作这类的代表。(三)是非意识的,这一类文学的发生并不限于时代及境地,乃出于人性的本然。虽不是端方的而也并非不严肃的,虽不是劝善的而也并非诲淫的;所有自然派的小说与颓废派的著作,大抵属于此类。据"精神分析"的学说,人间的精神活动无不以[广义的],性欲为中心,即在婴孩时代,也有他的性的生活,其中主动的重要分子,便是他苦(Sadistic)自苦(Masochistic)展览(Exhibitionistic)与窥伺(Voyeuristic)的本能。这些本能得到相当的发达与满足,便造成平常的幸福的性的生活之基础,又因了升华作用而成为艺术与学问的根本;倘若因迫压而致蕴积不发,便会变成病的性欲,即所谓色情狂了。这色情在艺术上的表现,本来也是由于迫压,因为这些要求在现代文明——或好或坏——底下,常难得十分满足的机会,所以非意识的喷发出来,无论是高尚优美的抒情诗,或是不端方的(即猥亵的)小说,其动机仍是一样;讲到这里我们不得不承认那色情狂的著作也同属在这一类,但我们要辨明他是病的,与平常的文学不同,正如狂人与常人的不同,虽然这交界点的区画是很难的。莫台耳说:"亚普刘思(Apuleius)彼得洛纽思(Petronius)戈谛亚(Gautiar)或左拉(Zola)等人的展览性,不但不损伤而且有时反增加他们著作的艺术的价值。"我们可以说《红楼梦》也如此,但有些中国的"淫书"却都是色情狂的了。猥亵只是端方的对面,并不妨害艺术的价值。天才的精神状态也本是异常的,然而在变态心理的中线以外的人与著作则不能不以狂论。但是色情狂的文学也只是狂的病的,不是不道德的,至于不端方的非即不道德,那自然是不必说了。

　　第三种的不道德的文学才是真正的不道德文学,因为这是破坏人间的和平,为罪恶作辩护的,如赞扬强暴诱拐的行为,或性的人身卖买者皆是。严格的说,非人道的名分思想的文章也是这一类的不道德的文学。

　　照上边说来,只有第三种文学是不道德的,其余的都不是;《沉沦》是显然属于第二种的非意识的不端方的文学,虽然有猥亵的分子而并无不道德的性质。著者在自序里说:"第一篇《沉沦》是描写着一个病的青年的心理,也可以说是青年忧郁病的解剖,里边也带叙着现代人的苦闷,——便是性的要求与灵肉的冲突。……第二篇是描写一个无为的理想主义者的没落。"虽然他也说明"这两篇是一类的东西,就把他们作连续的小说看,也未始不可的",但我想还不如综括的说,这集内所描写是青年的现代的苦闷,似乎更为确实。生的意志与现实之冲突,是这一切苦闷的基本;人不满足于现实,而

复不肯遁于空虚,仍就这坚冷的现实之中,寻求其不可得的快乐与幸福。现代人的悲哀与传奇时代的不同者即在于此。理想与现实社会的冲突当然也是苦闷之一,但我相信他未必能完全独立,所以《南归》的主人公的没落与《沉沦》的主人公的忧郁病终究还是一物,著者在这个描写上实在是很成功了。所谓灵肉的冲突原只是说情欲与迫压的对抗,并不含有批判的意思,以为灵优而肉劣;老实说来超凡入圣的思想倒反于我们凡夫觉得稍远了,难得十分理解,譬如中古诗里的"柏拉图的爱",我们如不将他解作性的崇拜,便不免要疑是自欺的饰词。我们赏鉴这部小说的艺术地写出这个冲突,并不要他指点出那一面的胜利与其寓意。他的价值在于非意识的展览自己,艺术的写出升化的色情,这也就是真挚与普遍的所在。至于所谓猥亵部分,未必损伤文学的价值;即使或者有人说不免太有东方气,但我以为倘在著者觉得非如此不能表现他的气氛,那么当然没有可以反对的地方。但在《留东外史》,其价值本来只足与《九尾龟》相比,却不能援这个例,因为那些描写显然是附属的,没有重要的意义,而且态度也是不诚实的。《留东外史》终是一部"说书",而《沉沦》却是一件艺术的作品。

我临末要郑重的声明,《沉沦》是一件艺术的作品,但他是"受戒者的文学"(Literaturre for the initiated),而非一般人的读物。有人批评波特来耳的诗说:"他的幻景是黑而可怖的。他的著作的大部分颇不适合于少年与蒙昧者的诵读,但是明智的读者却能从这诗里得到真正希有的力。"这几句话正可以移用在这里。在已经受过人生的密戒,有他的光与影的性的生活的人,自能从这些书里得到希有的力,但是对于正需要性的教育的"儿童"们却是极不适合的。还有那些不知道人生的严肃的人们也没有诵读的资格,他们会把阿片去当饭吃的。关于这一层区别,我愿读者特别注意。

著者曾说:"不曾在日本住过的人,未必能知这书的真价。对于文艺无真挚的态度的人,没有批评这书的价值。"我这些空泛的闲话当然算不得批评,不过我不愿意人家凭了道德的名来批判文艺,所以略述个人的意见以供参考,至于这书的真价,大家知道的大约很多,也不必再要我来多说了。

中国20世纪名家散文经典

文艺与道德

英国的蔼理斯不是专门的文艺批评家,实在是一个科学家,性的心理学之建设者,但他也作有批评文艺的书。因为如上边所说,他毫无那些专门"批评家"的成见与气焰,不专在琐屑的地方吹求,——却纯从大处着眼,用了广大的心与致密的脑估量一切,其结果便能说出一番公平话来,与"批评家"之群所说的迥不相同,这不仅因为他能同时理解科学与艺术,实在是由于精神宽博的缘故。读他所著的《新精神》《断言》《感想录》以至《男女论》《罪人论》《性的心理研究》和《梦之世界》,随处遇见明智公正的话,令人心悦诚服。先前曾从《感想录》中抄译一节论猥亵的文章,在《绿洲》上介绍过,现在根据《断言》(Affirmations 1898)再抄录他的一点关于文艺与道德的意见。

《断言》中共有六篇文章,是分论尼采,凯沙诺伐(Casanova),左拉,许斯曼(Huysmans),圣弗兰西思的,都是十分有趣的题目,一贯的流通着他那健全清净的思想。现在所引却只是凯沙诺伐与左拉两章里的话。凯沙诺伐是十八世纪欧洲的一个著名不道德的人物,因为他爱过许多许多的妇人,而且还留下一部法文日记,明明白白的记述在上面,发刊的一部分虽然已经编者的"校订"还被归入不道德文书项下,据西蒙士(Symons)在《数世纪的人物》中所说,对于此书加以正当的批

判者——至少在英美——只有蔼理斯一人。凯沙诺伐虽然好色，但他决不是玩弄女性的人。"他完全把握着最近性的心理学者所说的'求爱的第二法则'，便是男子不专图一己之满足而对于女子的身心的状态均有殷勤的注意。在这件事上，凯沙诺伐未始不是给予现在最道德的世纪里的许多贤夫的一个教训。他以所爱妇女的悦乐为悦乐而不耽于她们的供奉，她们也似乎恳挚的认知他的爱术的工巧。凯沙诺伐爱过许多妇女，但不曾伤过几个人的心……一个道德纤维更细的人不会爱这许多女人，道德纤维更粗的人也不能使这许多女人仍是幸福。"这可以说是确当的批语。

但凯沙诺伐日记价值还重在艺术的一方面，据蔼理斯说这是一部艺术的好书，而且很是道德的。"淑本好耳（Schopenhauer）有一句名言，说我们无论走人生的那一条路，在我们本性内总有若干分子，须在正相反对的路上才能得到满足；所以即使走任何道路，我们总还是有点烦躁而且不满足的。在淑本好耳看来，这个思想是令人倾于厌世的，其实不必如此。我们愈是绵密的与实生活相调和，我们里面的不用不满足的地面当然愈是增大。但正是在这地方，艺术进来了。艺术的效果大抵在于调弄这些我们机体内不用的纤维，因此使他们达到一种谐和的满足之状态。——就是把他们道德化了，倘若你愿意这样说。精神病医生常述一种悲惨的疯狂病，为高洁的过着禁欲生活的老处女们所独有的。她们当初好像对于自己的境遇很满意，过了多少年后，却渐显出不可抑制的恼乱与色情冲动；那些生活上不用的分子，被关闭在心灵的窖里，几乎被忘却了，终于反叛起来，喧扰着要求满足。古代的狂宴——基督降诞节的腊祭，圣约翰节的中夏祭，——都证明古人很聪明的承认，日常道德的实生活的约束有时应当放松，使他不至于因为过紧而破裂。我们没有那狂宴了，但我们有艺术替代了他。我们的正经的主母不复遣发女儿们拿着火把在半夜里往山林中去，在那里跳舞与酒与血将给她们以人生秘密之智识；现在她却带了女儿们看'忒列斯丹'（Tristan）去，——幸而不能看彻那些小心地养大的少年心灵在那时是怎样情形。艺术的道德化之力，并不在他能够造出我们经验的一个怯弱的模拟品，却在于他的超过我们经验以外的能力，能够满足而且调和我们本性中不曾充足的活力。艺术对于鉴赏的人应有这种效力，原也不足为奇；如我们记住在创作的人艺术正也有若干相似的影响。或评画家瓦妥（Watteau）云荡子精神，贤人行径。摩诃末那样放恣的描写天国的黑睛仙女的时候，还很年青，是一个半老女人的品行端正的丈夫。

唱歌是很甜美;但你要知道,

嘴唱着歌,只在他不能亲吻的时候。

曾经有人说瓦格纳(Wagner),在他心里有着一个禁欲家和一个好色家的本能,这两种性质在使他成大艺术家上面都是一样的重要。这是一个很古的观察,那最不贞洁的诗是最贞洁的诗人所写,那些写的最清净的人却生活的最不清净。在基督教徒中也正是一样,无论新旧宗派,许多最放纵的文学都是教士所作,并不因为教士是一种堕落的阶级,实在只因他们生活的严正更需这种感情的操练罢了。从自然的观点说来,这种文学是坏的,这只是那猥亵之一种形式,正如许思曼所说唯有贞洁的人才会作出的;在大自然里,欲求急速地变成行为,不留什么痕迹在心上面,或一定程度的节制——我并不单指关于性的事情,并包括其他许多人生的活动在内,——是必要的,使欲求的梦想和影像可以长育成为艺术的完成的幻景。但是社会的观点却与纯粹的自然不同。在社会上我们不能常有容许冲动急速而自由地变成行为的余地;为要避免被迫压的冲动之危害起见,把这些感情移用在更高上稳和的方面却是要紧了。正如我们需要体操以伸张和谐那机体中不用的较粗的活力一样,我们需要美术文学以伸张和谐那较细的活力。这里应当说明,因为情绪大抵也是一种肌肉作用,在多少停顿状态中的动作,所以上边所说不单是普通的一个类似。从这方面看来,艺术正是情绪的操练。像《凯沙诺伐日记》一类的书,是这种操练中的重要部分。这也会被滥用,正如我们赛跑的或自转车手的过度一样;但有害的是滥用,并不是利用。在文明的人为制度之下,鉴赏那些英雄地自然的人物之生活与行事,是一种含有精妙的精神作用的练习。因此这样的文学具有道德的价值:他帮助我们平安地生活,在现代文明的分化的日程之中。"

蔼理斯随后很畅快的加上一句结论:"如有有教化的男子或女子不能从这书里得到一点享乐,那么在他必定有点不健全而且异常,——有点彻心的腐败了的地方。"

左拉的著作,在讲道德的宗教家和谈"艺术"的批评家看来,都是要不得的,他的自然主义不但浅薄而且有害。不过那些议论不去管他也罢,我们只想一说蔼理斯的公正的批语。据他所说造成左拉的文学的有三种原因:第一,他的父系含有希腊意大利的血脉;第二,家庭里的工学的习惯;第三,最重要的是少年时代贫穷的禁欲生活。"那个怯弱谨慎的少年——因为据说

左拉在少年及壮年时代都是这样的性质，——同着他所有新鲜的活力被闭关在顶楼上，巴黎生活的全景正展开在他的面前。为境遇及气质所迫，过着极贞洁清醒的生活，只有一条路留着可以享受，那便是视觉的盛宴。我们读他的书，可以知道他充分的利用，因为《路刚麦凯耳丛书》中的每册都是物质的视象的盛宴。左拉仍是贞洁，而且还是清醒，但是这早年的努力，想吸取外界的景象声音以及臭味，终于形成一种定规的方法。划取人生的一角，详细记录它的一切，又放进一个活人去，描写他周围所有景象臭味与声音，虽然在他自己或者全是不觉的，这却是最简单的，作一本'实验小说'的方剂。这个方法，我要主张，是根据于著者之世间的经验的。人生只现作景象声音臭味，进他的顶楼的窗，到他的面前来。"

"左拉对于他同时的以及后代的艺术家的重要贡献，他所给予的激刺的理由，在于他证明那些人生的粗糙而且被忽视的节目都有潜伏的艺术效用。《路刚麦凯耳丛书》，在他的虚弱的同僚看来，好像是从天上放下来的四角缝合的大布包，满装着四脚的兽，爬虫和鸟，给艺术家以及道德家一个训示，便是世上没有东西可以说是平凡或不净的。自此以后，别的小说家因此能够在以前决不敢去的地方寻到感兴，能够用了强健大胆的文句去写人生，要是没有左拉的先例，他们是怕敢用的；然而别一方面，他们还是自由的可以在著作上加上单纯精密与内面的经验，此三者都是左拉所没有的特色。"总之左拉"推广了小说的领域"，即此一事也就足以在文艺史上划一时期了。

左拉好用粗俗的话写猥亵的事，为举世诟病之原因，但这也正是他的一种大的好处。蔼理斯说，"推广用语的范围不是有人感谢的事，但年长月久，亏了那些大胆的采用强烈而单纯的语句的人们，文学也才有进步。英国的文学近二百年来，因为社会的倾向忽视表现，改变或禁用一切有力深刻的文词，很受了阻碍。倘若我们回过去检查屈塞，或者就是莎士比亚也好，便可知道我们失却了怎样的表现力了。……例如我们几乎已经失了两个必要的字'肚'与'肠'，在《诗篇》中本是用的很多而且很巧妙的；我们说'胃'，但这个字不但意义不合，在正经的或诗趣的运用上也极不适宜。凡是知道古代文学或民间俗语的人，当能想起同样的单纯有力的语句，在文章上已经消失，并不曾留下可用的替代字。在现代的文章上，一个人只剩了两截头尾。因为我们拿尾闾骨为中心，以一尺八寸的半径——在美国还要长一点——画一圆圈，禁止人们说及圈内的器官，除了那'打杂'的胃；换言之，便是我们使人不能说着人生的两种中心的机关（食色）了。

"在这样境况之下，真的文学能够生长到什么地步，这是一个疑问，因为不但文学因此被关出了，不能与人生的要点接触，便是那些愿意被这样的关出，觉得在社会限定的用语范围内很可自在的文人，也总不是那塑成大著作家的英勇底质料所造出来的了。社会上的用语限定原是有用的，因为我们都是社会的一员，所以我们当有一种保障，以免放肆俗恶之侵袭。但在文学上我们可以自由决定读自己愿读的书，或不读什么，[所以言语的放纵并无妨害；]如一个人只带着客厅里的话题与言语，懦怯的走进文艺的世界里去，他是不能走远的。我曾见一册庄严的文学杂志轻蔑的说，一个女人所作的小说乃论及那些就是男子在俱乐部中也不会谈着的问题。我未曾读过那本小说，但我觉得因此那本小说似乎还可有点希望。文学当然还可以堕落到俱乐部的标准以下去，但是倘若你不能上升到俱乐部的标准以上，你还不如坐在俱乐部里，在那里讲故事，或者去扫外边的十字路去。

"……在无论什么时期，伟大文学没有不是伴着英勇的，虽然或一时代，可以使文学上这样英勇的实现，较别时代更为便利。在现代英国，勇敢已经脱离艺术的路道，转入商业方面，很愚蠢的往世界极端去求实行。因为我们文学不是很英勇的，只是幽闭在客厅的浊空气里，所以英国诗人与小说家不复是世界的势力，除了本国的内室与孩房之外再也没人知道。因为在法国不断有人出现，敢于英勇的去直面人生，将人生锻接到艺术里去，所以法国的文学是世界的势力，在任何地方，只要有明智的人能够承认它的造就。如有不但精美而且又是伟大的文学在英国出现，那时我们将因了它的英勇而知道它，倘或不是凭了别的记号。"

关于儿童的书

我的一个男孩,从第一号起阅看《儿童世界》和《小朋友》,不曾间断。我曾问他喜欢那一样,他说更喜欢《小朋友》,因为去年内《儿童世界》的倾向稍近于文学的,《小朋友》却稍近于儿童的。

到了今年这些书似乎都衰弱了,不过我以为小孩看了即使得不到好处,总还不至于有害。但是近来见到《小朋友》第七十期"提倡国货号",便忍不住要说一句话,——我觉得这不是儿童的书了。无论这种议论怎样时髦,怎样得庸众的欢迎,我以儿童的父兄的资格,总反对把一时的政治意见注入到幼稚的头脑里去。

我们对于教育的希望是把儿童养成一个正当的——"人",而现在的教育却想把他作成一个忠顺的国民,这是极大的谬误。罗素在《教育自由主义》一文上,说的很是透澈;威尔士之改编世界历史,也是这个意思,想矫正自己中心的历史观念。日本文学家秋田雨雀曾说,日本学校的历史地理尤其是修身的教训都是颠倒的,所以他的一个女儿只在家里受教育,因为没有可进的正当的学校。画家木村君也说他幼年在学校所受的偏谬的思想,到二十岁后费了许多苦功才得把他洗净。其实,中国也何尝不如此,只是少有人出来明白的反对罢了。去年为什么事对外"示威运动",许多小学生在大雨中拖泥带

水的走,虽然不是自己的小孩,我看了不禁伤心,想到那些主任教员真可以当得"贼夫人之子"的评语。小孩长大时,因了自主的判断,要去冒险舍生,别人没有什么话说,但是这样的糟塌,可以说是惨无人道了。我因此想起中古的儿童十字军来;在我的心里,这卫道的"儿童杀戮"实在与希律王治下的"婴儿杀戮"没有什么差别。这是我所遇见的最不愉快的情景之一。三年前,我在《晨报》上看见傅孟真君欧洲通信《疯狂的法兰西》后,曾发表一篇杂感叫《国荣与国耻》,其第五节似乎在现今也还有意义,重录于下:

"中国正在提倡国耻教育,我以小学生的父兄的资格,正式的表示反对。我们期望教育者授与学生智识的根本,启发他们活动的能力,至于政治上的主义,让他们知力完足的时候自己去选择。我们期望教育者能够替我们造就各个完成的个人,同时也就是世界社会的好分子,不期望他为贩猪仔的人,将我们子弟贩去作那颇颅们的忠臣,葬到凯旋门下去! 国家主义的教育者乘小孩们脑力柔弱没有主意的时候,用各种手段牢笼他们,使变成他的喽罗,这实在是诈欺与诱拐,与老鸨之教练幼妓何异。……"

总之我很反对学校把政治上的偏见注入于小学儿童,我更反对儿童文学的书报也来提倡这些事。以前见北京的《儿童报》有过什么国耻号,我就觉得有点疑惑,现在《小朋友》又大吹大擂的出国货号,我读了那篇宣言,真不解这些既非儿童的复非文学的东西在什么地方有给小朋友看的价值。在我不知道编辑的甘苦的人看来,可以讲给儿童听的故事真是无穷无尽,就是一天一夜也说不完,不过须用理知与想象串合起来,不是只凭空的说几句感情话便可成文罢了。鹿豹的颈子为什么这样长,可以讲一篇事物起源的童话,也可以讲一篇进化论的自然故事;火从那里来,可以讲神话上的燧人,也可以讲人类学上的火食起源。说到文化史里的材料,几乎与自然史同样的丰富,只等人去采用。我相信精魂信仰(Animism)与王帝起源等事尽可作成上好的故事,使儿童得到趣味与实益,比讲那些政治外交经济上的无用的话不知道要好几十倍:这并不是武断的话,只要问小孩自己便好:我曾问小孩这些书好不好看,他说"我不很要看,——因为题目看不懂,没趣味。譬如题目是《熊和老鼠》或《公鸡偷鸡卵》,我就欢喜看。现在这些多不知说的是什么!"编者或者要归咎于父师之没有爱国的教练,也未尝不可,但我相信普通的小孩当然对于国货仇货没有什么趣味,却是喜欢管《公鸡偷鸡卵》等闲事的。要提倡那些大道理,我们本来也不好怎么反对,但须登在《国民世界》或《小爱国者》上面,不能说这是儿童的书了。

　　在儿童不被承认,更不被理解的中国,期望有什么为儿童的文学,原是很无把握的事情,失望倒是当然的。儿童的身体还没有安全的保障,那里说得到精神?不过我们总空想能够替小朋友们尽一点力,给他们应得的权利的一小部分。我希望有十个弄科学,哲学,文学,美术,人类学,儿童心理,精神分析诸学,理解而又爱儿童的人,合办一种为儿童的定期刊,那么儿童即使难得正当的学校,也还有适宜的花园可以逍遥。大抵作这样事,书铺和学会不如私人集合更有希望;这是我的推想,但相信也是实在的情形,因为少数人比较的能够保持理性的清明,不至于容易的被裹到群众运动的涡卷里去。我要说明一句,群众运动有时在实际上无论怎样重要,但于儿童的文学没有什么价值,不但无益而且还是有害。

　　在理想的儿童的书未曾出世的期间,我的第二个希望是现在的儿童杂志一年里请少出几个政治外交经济的专号。

一九二三年八月

中国20世纪名家散文经典

致溥仪君书

溥仪先生：

听我的朋友胡适之君说，知道你是一位爱好文学的青年，并且在两年前"就说要取消帝号，不受优待费"，思想也是颇开通的。我有几句话早想奉告，但是其时你还是坐在宫城里下上谕，我又不知道写信给皇帝们是怎样写的。所以也就搁下；现在你已出宫了，我才能利用这半天的工夫写这一封信给你。

我先要跟着我的朋友钱玄同君给你道贺，贺你这回的出宫。这在你固然是偿了宿愿，很是愉快，在我们也一面满了革命的心愿，一面又消除了对于你个人的歉疚。你坐在宫城里，我们不但怕要留为复辟的种子，也觉得革命事业因此还未完成；就你个人而言，把一个青年老是监禁在城堡里，又觉得心里很是不安。张国淦君住在卫戍司令部的优待室里，陈独秀君住在警察厅的优待室里，章太炎先生被优待在钱粮胡同，每月有五百元的优待费，但是大家千辛万苦的营救，要放他们出来。为什么呢？因为人们所要者是身体与思想之自由，并非"优待"，——被优待即是失了自由了。你被圈禁在宫城里，连在马路上骑自行车的自由都没有，我们虽然不是直接负责，听了总很抱歉，现在你能够脱离这种羁绊生活，回到自由的天地里去，我们实在替你喜欢，而且自己也觉得心安了。

我很赞成钱君的意见，希望你补习一点功课，考入高中、大学毕业后再往外国留学。但我还有特别的意见，想对你说的，便是关于学问的种类的问题。据我的愚见，你最好是往欧洲去研究希腊文学。替别人定研究的学科是很危险的事，因为与本人的性质与志趣未必一定相合，但是我也别有一种理由，说出来可以当作参考。中国人近来大讲东方文化和西方文化，然而专门研究某一种文化的人终于没有，所以都说的不得要领。所谓西方文化究竟以哪一国为标准，东方文化究竟是中国还是印度为主呢？现代的情状固然重要，但是重要的似乎在推究一点上去，找寻他的来源。我想中国的，印度的，以及欧洲之根源的希腊的文化，都应该有专人研究，综合他们的结果，再行比较，才有议论的可能，一切转手的引证全是不可凭信。研究东方文化者或者另有适当的人，至于希腊文化我想最好不如拜托足下了。文明本来是人生的必要的奢华，不是"自手至口"的人们所能造作的，我们必定要有碗够盛酒肉，才想到在碗上刻画几笔花，倘若终日在垃圾堆上拣煤粒，那有工夫去作这些事。希腊的又似乎是最贵族的文明，在现在的中国更不容易理解。中国穷人只顾拣煤核，阔人只顾搬钞票往外国银行里存放，知识阶级（当然不是全体）则奉了群众的牌位，预备作"应制"的诗文；实质上是可吃的便是宝物，名目上是平民的便是圣旨，此外都不值一看。这也正是难怪的，大家还饿鬼似的在吞咽糟糠，那里有工夫想到制造"嘉湖细点"，更不必说吃了不饱的茶食了。设法叫大家有饭吃诚然是及应进行的事，一面关于茶食的研究也很要紧，因为我们的希望是大家不但有饭而且还有能赏鉴茶食的一日。想到这里，我便记起你来了，我想你至少该有了解那些精美的文明的可能，——因为曾作过皇帝。我决不是在说笑话。俗语云，"作了皇帝想成仙"，制造文明实在就是求仙的气分，不过所成者是地仙，所享者是尘世清福而已，这即是希腊的"神的人"的理想了。你正式的作了三年皇帝，又非正式作了十三年，到现在又愿意取消帝号，足见已饱厌南面的生活。尽有想成仙的资格，我劝告你去探险那地中海的仙岛，一定能够有很好的结果。我想你最好在英国或德国去留学，随后当然须往雅典一走，到了学成回国的时候，我们希望能够介绍你到北京大学来担任（或者还是创设）希腊文学的讲座。

末了我想申明一声，我当初是相信民族革命的人，换一句话即是主张排满的，但辛亥革命——尤其是今年取消帝号以后，对于满族的感情就很好了，而且有时还觉得满人比汉人更有好处，因为他较有大国民的态度，没有汉人中北方的家奴气与南方的西崽气。这是我个人的主观的话，我希望你

不会打破我这个幻想罢。

一九二四年十一月三十日周作人

这封信才写好,阅报知溥仪君已出奔日本使馆了。我不知道他出奔的理由,但总觉得十分残念。他跟著英国人日本人这样的跑,结果于他没有什么好处,——只有明白的汉人(有辫子的不算)是满人和他的友人,可惜他不知道。希望他还有从那些人的手里得到自由的日子,这封信仍旧发表。在别一方面,他们是外国人,他们对于中国的幸灾乐祸是无怪的,我们何必空口同他们讲理呢?我们已经打破了大同的迷信,应该觉悟只有自己可靠,……所可惜者中国国民内太多外国人耳。

一九二四年十二月一日添书

生活之艺术

契诃夫（Tshekhob）书简集中有一节道（那时他在爱珲附近旅行），"我请一个中国人到酒店里喝烧酒，他在未饮之前举杯向着我和酒店主人及伙计们，说道'请'。这是中国的礼节。他并不像我们那样的一饮而尽，却是一口一口的啜，每啜一口，吃一点东西；随后给我几个中国铜钱，表示感谢之意。这是一种怪有礼的民族。……"

一口一口的啜，这的确是中国仅存的饮酒的艺术：干杯者不能知酒味，泥醉者不能知微醺之味。中国人对于饮食还知道一点享用之术，但是一般的生活之艺术却早已失传了。中国生活的方式现在只是两个极端，非禁欲即是纵欲，非连酒字都不准说即是浸身在酒槽里，二者互相反动，各益增长，而其结果则是同样的污糟。动物的生活本有自然的调节，中国在千年以前文化发达，一时颇有臻于灵肉一致之象。后来为禁欲思想所战胜，变成现在这样的生活，无自由、无节制，一切在礼教的面具底下实行迫压与放恣，实在所谓礼者早已消灭无存了。

生活不是很容易的事。动物那样的，自然的简易的生活，是其一法；把生活当作一种艺术，微妙的美的生活，又是一法：二者之外别无道路，有之则是禽兽之下的乱调的生活了。生

活之艺术只在禁欲与纵欲的调和。蔼理斯对于这个问题很有精到的意见,他排斥宗教的禁欲主义,但以为禁欲亦是人性的一面,欢乐与节制二者并存,且不相反而实相成。人有禁欲的倾向,即所以防欢乐的过量,并即以增欢乐的程度。他在《圣芳济与其他》一篇论文中曾说道,"有人以此二者(即禁欲与耽溺)之一为其生活之唯一目的者,其人将在尚未生活之前早已死了。有人先将其一(耽溺)推至极端,再转而之他,其人才真能了解人生是什么,日后将被纪念为模范的高僧。但是始终尊重这二重理想者,那才是知生活法的明智的大师。……一切生活是一个建设与破坏,一个取进与付出,一个永远的构成作用与分解作用的循环。要正当地生活,我们须得模仿大自然的豪华与严肃。"他又说过,"生活之艺术,其方法只在于微妙的混和取与舍二者而已,"更是简明的说出这个意思来了。

生活之艺术这个名词,用中国固有的字来说便是所谓礼。斯谛耳博士在《仪礼》序上说,"礼节并不单是一套仪式,空虚无用,如后世所沿袭者。这是用以养成自制与整饬的动作之习惯,唯有能领解万物感受一切之心的人才有这样安详的容止。"从前听说辜鸿铭先生批评英文《礼记》译名的不妥当,以为"礼"不是 Rite 而是 Art,当时觉得有点乖僻,其实却是对的,不过这是指本来的礼,后来的礼仪礼教都是堕落了的东西,不足当这个称呼了。中国的礼早已丧失,只有如上文所说,还略存于茶酒之间而已。去年有西人反对上海禁娼,以为妓院是中国文化所在的地方,这句话的确难免有点荒谬,但仔细想来也不无若干理由。我们不必拉扯唐代的官妓,希腊的"女友"(Hetaira)的韵事来作辩护,只想起某外人的警句,"中国狎妓如西洋的求婚,中国娶妻如西洋的宿娼",或者不能不感到《爱之术》(Ars Amatoria)真是只存在草野之间了。我们并不同某西人那样要保存妓院,只觉得在有些怪论里边,也常有真实存在罢了。

中国现在所切要的是一种新的自由与新的节制,去建造中国的新文明,也就是复兴千年前的旧文明,也就是与西方文化的基础之希腊文明相合一了。这些话或者说的太大太高了,但据我想舍此中国别无得救之道,宋以来的道学家的禁欲主义总是无用的了,因为这只足以助成纵欲而不能收调节之功。其实这生活的艺术在有礼节重中庸的中国本来不是什么新奇的事物,如《中庸》的起头说,"天命之谓性,率性之谓道,修道之谓教,"照我的解说即是很明白的这种主张。不过后代的人都只拿去讲章旨节旨,没有人实行罢了。我不是说半部《中庸》可以济世,但以表示中国可以了解这个思想。日本虽然也很受到宋学的影响,生活上却可以说是承受平安朝的系统,还有许多唐代的流风余韵,因此了解生活之艺术也更是容易。在许多风俗上日本的确保存这艺术的色彩,为我们中国人所不及,但由道学家看来,或者这正是他们的缺点也未可知罢。

一九二四年十一月

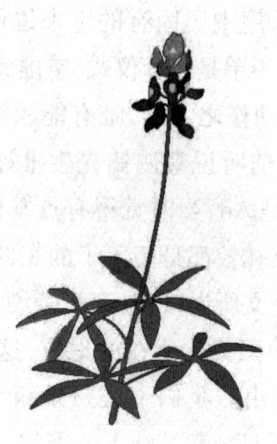

中国20世纪名家散文经典

我们的敌人

我们的敌人是什么？不是活人，乃是野兽与死鬼，附在许多活人身上的野兽与死鬼。

小孩的时候，听了《聊斋志异》或《夜谈随录》的故事，黑夜里常怕狐妖僵尸的袭来；到了现在，这种恐怖是没有了，但在白天里常见狐妖僵尸的出现，那更可怕了。在街上走着，在路旁站着，看行人的脸色，听他们的声音，时常发见妖气，这可不是"画皮"么？谁也不能保证，我们为求自己安全起见，不能不对他们为"防御战"。

有人说："朋友，小心点，像这样的神经过敏下去，怕不变成疯子——或者你这样说，已经有点疯意也未可知。"不要紧，我这样宽懈的人那里会疯呢？看见别人便疑心他有尾巴或身上长着白毛，的确不免是疯人行径，在我却不然，我是要用了新式的镜子从人群中辨别出这些异物而驱除之。而且这法子也并不烦难，一点都没有什么神秘：我们只须看他，如见了人便张眼露齿，口咽唾沫，大有拿来当饭之意，则必是"那件东西"，无论他在社会上是称作天地君亲师，银行家，拆白党或道学家。

据达尔文他们说，我们与虎狼狐狸之类讲起来本来有点远亲，而我们的祖先无一不是名登鬼箓的，所以我们与各色鬼等也不无多少世谊。这些话当然是不错的，不过远亲也好，世谊也好，他们总不应该借了这点瓜葛出来烦扰我们。诸位远亲如要讲亲谊，只应在山林中相遇的时节，拉拉胡须，或摇摇尾巴，对我们打个招呼，不必戴了骷髅来夹在我们中间厮混；诸位世交也应恬静的安息在草叶之阴，偶然来我们梦里会晤一下，还算有点意思，倘若像现在这样化作"重来"（Revenants），居然现形于化日光天之下，那真足以骇人视听了。他们既然如此胡为，要来侵害我们，我们也就不能再客气了，我们只好凭了正义人道以及和平等等之名来取防御的手段。

听说昔者欧洲教会和政府为救援异端起见，曾经用过一个很好的方法，便是将他们的肉体用一把火烧了，免得他的灵魂去落地狱。这实在是存心忠厚的办法，只可惜我们不能采用，因为我们的目的是相反的；我们是要从这所依附的肉体里赶出那依附着的东西，所以应得用相反的方法。我们去拿许多桃枝柳枝，荆鞭蒲鞭，尽力的抽打面有妖气的人的身体，务期野兽幻化的现出原形，死鬼依托的离去患者，留下借用的躯壳，以便招寻失主领回。这些赶出去的东西，我们也不想"聚而歼旃"，因为"嗖"的一声吸入瓶中用丹书封好重汤煎熬，这个方法现在似已失传，至少我们是不懂得用，而且天下大矣，万牲百鬼，汗牛充栋，实属办不胜办，所以我们敬体上天好生之德，并不穷追，只要兽走于圹，鬼归其穴，各安生业，不复相扰，也就可以罢手，随他们去了。

至于活人，都不是我们的敌人，虽然也未必全是我们的友人。——实在，活人也已经太少了，少到连打起架了也没有什么趣味了。等打鬼打完了之后（假使有这一天），我们如有兴致，喝一碗酒，卷卷袖子，再来比一比武，也好吧（比武得胜，自然有美人垂青等等事情，未始不好，不过那是《劫后英雄略》的情景，现在却还是《西游记》哪）。

一九二四年十二月

死之默想

四世纪时希腊厌世诗人巴拉达思作有一首小诗道：
（Polla laleis, anthrope-Palladas）
"你太饶舌了，人呵，不久将睡在地下；"
"住口罢，你生存时且思索那死。"

这是很有意思的话。关于死的问题，我无事时也曾默想过（但不坐在树下，大抵是在车上），可是想不出什么来，——这或者因为我是个"乐天的诗人"的缘故吧。但其实我何尝一定崇拜死，有如曹幕管君，不过我不很能够感到死之神秘，所以不觉得有思索十日十夜之必要，于形而上的方面也就不能有所饶舌了。

窃察世人怕死的原因，自有种种不同，"以愚观之"可以定为三项，其一是怕死时的苦痛，其二是舍不得人世的快乐，其三是顾虑家族。苦痛比死还可怕，这是实在的事情。十多年前有一个远房的伯母，十分困苦，在十二月底想投河寻死（我们乡间的河是经冬不冻的），但是投了下去，她随即走了上来，说是因为水太冷了。有些人要笑她痴也未可知，但这却是真实的人情。倘若有人能够切实保证，诚如某生物学家所说，被猛兽咬死痒苏苏的很是愉快，我想一定有许多人裹粮入山去投身饲饿虎的了。可惜这一层不能担保，有些对于别项已无留恋的人因此也就不得不稍为踌躇了。

顾虑家族,大约是怕死的原因中之较小者,因为这还有救治的方法。将来如有一日,社会制度稍加改良,除施行善种的节制以外,大家不问老幼可以各尽所能,各取所需,凡平常衣食住,医药教育,均由公给,此上更好的享受再由个人的努力去取得,那么这种顾虑就可以不要,便是夜梦也一定平安得多了。不过我所说的原是空想,实现还不知在几十百千年之后,而且到底未必实现也说不定,那么也终是远水不救近火,没有什么用处。比较确定的办法还是设法发财,也可以救济这个忧虑。为得安闲的死而求发财,倒是很高雅的俗事;只是发财大不容易,不是我们都能作的事,况且天下之富人有了钱便反死不去,则此亦颇有危险也。

人世的快乐自然是很可贪恋的,但这似乎只在青年男女才深切的感到,像我们将近"不惑"的人,尝过了凡人的苦乐。此外别无想作皇帝的野心,也就不觉得还有舍不得的快乐。我现在的快乐只是想在闲时喝一杯清茶,看点新书(虽然近来因为政府替我们储蓄,手头只有买茶的钱),无论他是讲虫鸟的歌唱,或是记贤哲的思想,古今的刻绘,都足以使我感到人生的欣幸。然而朋友来谈天的时候,也就放下书卷,何况"无私神女"(Atropos)的命令呢?我们看路上许多乞丐,都已没有生人乐趣,却是苦苦的要活着,可见快乐未必是怕死的重大原因;或者舍不得人世的苦辛也足以叫人留恋这个尘世罢。讲到他们,实在已是了无牵挂,大可"来去自由",实际却不能如此,倘若不是为了上边所说的原因,一定是因为怕河水比彻骨的北风更冷的缘故了。

对于"不死"的问题,又有什么意见呢?因为少年时当过五六年的水兵,头脑中多少受了唯物论的影响,总觉得造不起"不死"这个观念来,虽然我很喜欢听荒唐的神话。即使照神话故事所讲,那种长生不老的生活我也一点儿都不喜欢。住在冷冰冰的金门玉阶的屋里,吃着五香牛肉一类的麟肝凤脯,天天游手好闲,不在松树下着棋,便同金童玉女厮混,也不见得有什么趣味,况且永远如此,更是单调而且困倦了。又听人说,仙家的时间是与凡人不同的,诗云"山中方七日,世上已千年",所以烂柯山下的六十年在棋边只是半个时辰耳,那里会有日子太长之感呢?但是由我看来,仙人活了二百万岁也只抵得人间的四十春秋,这样浪费时间无补实际的生活,殊不值得费尽了心机去求得他;倘若二百万年后劫波到来,就此溘然,将被五十岁的凡夫

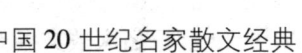

所笑。较好一点的还是那西方凤鸟(Phoinix)的办法,活上五百年,便尔蜕去,化为幼凤,这样的轮回倒很好玩的,——可惜他们是只此一家,别人不能仿作。大约我们还只好在这被容许的时光中,就这平凡的境地中,寻得些须的安闲悦乐,即是无上幸福:至于"死后,如何?"的问题,乃是神秘派诗人的领域,我们平凡人对于成仙作鬼都不关心,于此自然就没有什么兴趣了。

一九二四年十二月

日本与中国

中国在他独殊的地位上特别有了解日本的必要与可能，但事实上却并不然，大家都轻蔑日本文化，以为古代是模仿中国，现代是模仿西洋的，不值得一看。日本古今的文化诚然是取材于中国与西洋，却经过一番调剂，成为他自己的东西，正如罗马文明之出于希腊而自成一家（或者日本的成功还过于罗马），所以我们尽可以说日本自有他的文明，在艺术与生活方面更为显著，虽然没有什么哲学思想。我们中国除了把他当作一种民族文明去公平地研究之外，还当特别注意，因为他有许多地方足以供我们研究本国古今文化之参考。从实利这一点说来，日本文化也是中国人现今所不可忽略的一种研究。

日本与中国交通最早，有许多中国的古文化——五代以前的文化的遗迹留存在那里，是我们最好的参考。明了的例如日本汉字的音读里可以考见中国汉唐南北古音的变迁，很有益于文字学之研究，在朝鲜语里也有同样用处，不过尚少有人注意。据前年田边尚雄氏介绍，唐代乐器尚存在正仓院，所传音乐虽经过日本化大抵足以考见唐乐的概略。中国戏剧源流尚未查明，王国维氏虽著有《宋元戏曲史》，只是历史的考据，没有具体的叙述，所以元代及以前的演剧情形终于不能了然。日本戏曲发达过程大旨与中国不甚相远，唯现行旧剧自歌舞伎演化而来，其出自"杂剧"的本流则因特别的政治及宗

教关系,至某一时期而中止变化,至今垂五百年仍保守其当时的技艺;这种"能乐"在日本是一种特殊的艺术,在中国看来更是有意味的东西,因为我们不妨推测这是元曲以前的演剧,在中国久已消灭,却还保存在海外。虽然因为当时盛行的佛教思想以及固有的艺术性的缘故多少使它成为国民的文学,但这日本近古的"能"与"狂言"(悲剧与喜剧)总可以说是中国古代戏剧的兄弟,我们能够从这里边看出许多相同的面影,正如今人凭了罗马作品得以想见希腊散佚的喜剧的情形,是极可感谢的事。以上是从旧的方面讲,再来看新的,如日本新文学,也足以供我们不少的帮助。日本旧文化的背景前半是唐代式的,后半是宋代式的,到了现代又受到欧洲的影响,这个情形正与现代中国相似,所以他的新文学发达的历史也和中国仿佛,所以不同者只是动手得早,进步得快。因此,我们翻看明治文学史,不禁恍然若失,如见一幅幅的推背图,豫示中国将来三十年的文坛的运势。白话文,译书体文,新诗,文艺思想的流派,小说与通俗小说,新旧剧的混合与划分,种种过去的史绩,都是在我们眼前滚来滚去的火热的问题,——不过,新旧名流绅士捧着一只甲寅跳着玩那政治的文艺复古运动,却是没有,这乃是我们汉族特有的好把戏。我想我们如能把日本过去四十年的文学变迁的大略翻阅一遍,于我们了解许多问题上定有许多好处;我并不是说中国新文学的发达要看日本的样,我只是照事实说,在近二十五年所走的路差不多与日本一样,到了现今刚才走到明治三十年(1897)左右的样子,虽然我们自己以为中华民国的新文学已经是到了黄金时代了。日本替我们保存好些古代的文化,又替我们去试验新兴的文化,都足以资我们的利用,但是我们对于自己的阘茸堕落也就应该更深深的感到了。

中国与日本并不是什么同种同文,但是因为文化交通的缘故,思想到底容易了解些。文字也容易学些(虽然我又觉得日本文中夹着汉字是使中国人不能深彻地了解日本的一个障害),所以我们要研究日本便比西洋人便利得多。西洋人看东洋总是有点浪漫的,他们的诋毁与赞叹都不甚可靠,这仿佛是对于一种热带植物的失望与满意,没有什么清白的理解,有名如小泉八云也还不免有点如此。中国人论理应当要好一点,但事实上还没有证明:这未必是中国人无此能力,我想大抵是还有别的原因。中国人原有一种自大心,不很适宜于研究外国的文化,少数的人能够把它抑制住,略为平心静气的观察,但是到了自尊心受了伤的时候,也就不能再冷静了。自大固然不好,自尊却是对的,别人也应当谅解它,但是日本对于中国这一点便很不经

意。我并不以为别国侮蔑我,我便不研究他的文化以为报,我觉得在人情上讲来,一国民的侮蔑态度于别国人理解他的文化上面总是一个极大障害,虽然超绝感情纯粹为研究而研究的人或者也不是绝无。

中日间外交关系我们姑且不说,在别的方面他给我们不愉快的印象也已太多了。日本人来到中国的多是浪人与支那通。他们全不了解中国,只皮相的观察一点旧社会的情形,学会吟诗步韵,打恭作揖,又麻雀打茶园等技艺,便以为完全知道中国了,其实他不过传染了些中国恶习,平空添了个坏中国人罢了。别一种人把中国看作日本的领土,他是到殖民地来作主人翁,来对土人发挥祖传的武士道的,于是把在本国社会里不能施展的野性尽量发露,在北京的日本商民中尽多这样乱暴的人物,别处可想而知。两三年前木村庄八君来游中国时,曾对我说,日本殖民于辽东及各地,结果是搬运许多内地人来到中国,养成他们为肆无忌惮的,无道德无信义的东西,不复更适宜于本国社会,如不是自己被淘汰,便是把社会毁坏;所以日本努力移植,实乃每年牺牲许多人民,为日本计是极有害的事,至于放这许多坏人在中国,其为害于中国更不待言了。这一番话我觉得很有意思。还有一件,损人而未必利己的是在中国各处设立妖言惑众汉字新闻,如北京的《顺天时报》等。凡关于日本的事件他要宣传辩解,或者还是情有可原,但就是中国的事他也要颠倒黑白,如溥仪出宫事件,章士钊事件,《顺天时报》也发表许多暴论,——虽然中国的士流也发表同样的议论,而且更有利用此等报纸者,尤为丧心病狂。总之日本的汉字新闻的主张无一不与我辈正相反,我们觉得于中国有利的事他们无不反对,而有害于中国者则鼓吹不遗余力,据普通的看法日本是中国的世仇,他们的这种主张是当然的也未可知(所奇者是中国当局与士流多与他们有同一的意见),我们不怪他这样的想,只是在我们眼前拿汉文来写给我们看,那是我们所不可忍的,日本如真是对于中国有万分一的好意,我觉得像《顺天时报》那样的报纸便应第一著自动的废止。我并不想提倡中日国民亲善及同样的好听话,我以为这是不可能的,但为彼此能够略相理解,特别希望中国能够注意于日本文化的缘故,我觉得中日两方面均非有一种觉悟与改悔不可。照现在这样下去,国内周游着支那通与浪人,眼前飘飏着《顺天时报》,我怕为东方学术计是不大好的,因为那时大家对于日本只有两种态度:不是亲日的奴隶便是排日的走卒,这其间更没有容许第三的取研究态度的独立派存在的余地。

一九二五年十月三日

抱犊谷通信

　　我常羡慕小说家,他们能够捡到一本日记,在旧书摊上买到残抄本,或是从包花生米的纸上录出一篇东西来,变成自己的绝好的小说。我向来没有这种好运,直到近来才拾得一卷字纸,——其实是一个朋友前年在临城附近捡来的,日前来京才送给我。这是些另另碎碎的纸张,只有写在一幅如意笺上的是连贯的文章,经我点窜了几处,发表出来,并替他加上了一个题目。这是第一遭,不必自己费心而可以算是自己的作品,真是侥幸之至。

　　这篇原文的著者名叫鹤生,如篇首所自记,又据别的纸片查出他是姓吕。他大约是"肉票"之一,否则他的文件不会掉在失事的地方,但是他到抱犊谷以后下落终于不明:孙美瑶招安后放免的旅客名单上遍查不见吕鹤生的名字。有人说,看他的文章颇有非圣无法的气味,一定因此为匪党所赏识,留在山寨里作军师了;然而孙团长就职时也不听说有这样一个参谋或佐官。又有人说,或者因为他的狂妄,被匪党所杀了也未可知;这颇合于情理,本来强盗也在拥护礼教。总之他进了抱犊谷,就不复再见了。甲子除夕记。

癸亥孟夏,鹤生。

　　我为了女儿的事这几天真是烦恼极了。

　　我的长女是属虎的。这并不关系什么民间的迷信，但当她生下来以后我就非常担心，觉得女子的运命是很苦的，生怕她也不能免，虽然我们自己的也并不好。抚养我的祖母也是属虎，——她今年是九十九岁，——她的最后十年我是亲眼看见的，她的瘦长的虔敬的脸上丝丝刻着苦痛的痕迹，从祖父怒骂的话里又令我想见她前半生的不幸。我心目中的女人一生的运命便是我这祖母悲痛而平常的影像。祖母死了，上帝安她的魂魄！如今我有了一个属虎的女儿（还有两个虽然是属别肖的），不禁使我悲感，也并不禁有点迷信。我虽然终于是懦弱的人，当时却决心要给她们奋斗一回试一试，无论那障害是人力还是天力。要使得她们不要像她们的曾祖母那样，我苦心的教育她们，给她们人生的知识和技能，可以和谐而又独立地生活；养成她们道德的趣味，自发的爱贞操，和爱清洁一样；教她们知道恋爱只能自主的给予，不能卖买；希望她们幸福地只见一个丈夫，但也并不诅咒不幸而知道几个男子。我的计划是作到了，我祝福她们，放她们出去，去求生活。但是实际上却不能这样圆满。

　　她们尝过了人生的幸福和不幸，得到了她们各自的生活与恋爱，都是她们的自由以及责任，就是我们为父母的也不必而且不能管了，——然而所谓社会却要来费心。他们比父亲丈夫更严厉的监督她们，他们造作谣言，随即相信了自己所造作的谣言来加裁判。其实这些事即使是事实也用不着人家来管，并不算是什么事。我的长女是二十二岁了（因为她是我三十四岁时生的），现在是处女非处女，我不知道，也没有知道之必要，倘若她自己不是因为什么缘故来告诉我们知道。我们把她教养成就之后，这身体就是她自己的。一切由她负责去处理，我们更不须过问。便是她的丈夫或情人——倘若真是受过教育的绅士，也决不会来问这些无意义的事情。这或者未免太是乌托邦的了，我知道在知识阶级中间还有反对娶寡妇的事，但我总自信上边所说的话是对的，明白的人都应如此。

　　文明是什么？我不晓得，因为我不曾研究过这件东西。但文明的世界是怎样，我却有一种界说，虽然也只是我个人的幻觉：我想这是这样的一个境地，在那里人生之不必要的牺牲与冲突尽可能的减少下去。我们的野蛮的祖先以及野蛮的堂兄弟之所以为野蛮，即在于他们之多有不必要的牺牲与冲突。他们相信两性关系于天行人事都有影响，与社会的安危直接相关，所以取缔十分的严重，有些真出于意表之外。现在知道这些都是迷信，便不应再这样的作，我想一个人只要不因此而生添痴狂低能以贻害社会，其余都是自己的责任，与公众没有什么关系。或者这又是理想的话，至少现在难能实现，但文明的趋势总是往这边走；或者这说给没有适当教养的男女听未免

稍早，但在谈论别人的恋爱事件的旁观者不可不知这个道理，努力避去遗传的蛮风。

我现在且让一步承认性的过失，承认这是不应为的，我仍不能说社会的严厉态度是合于情理。即使这是罪，也只是触犯了他或她的配偶，不关第三者的事。即使第三者可以从旁评论，也当体察而不当裁判。"她"或者真是有"过去"，知道过一两个男子，但既然她的丈夫原许了（或者他当初就不以为意，也未可知），我们更没有不可原许，并不特别因为是自己的女儿。我不是基督教徒，却是崇拜基督的一个人：时常现在我的心目前面令我最为感动的，是耶稣在殿里"弯着腰用指头在地上画字"的情景。"你们中间谁是没有罪，谁就可以先拿石头打她。"我们读到这里，真感到一种伟大和神圣，于是也就觉得那些一脸凶相的圣徒们并不能算是伟大和神圣。我不能摆出圣人的架子，说一切罪恶都可容忍，唯对于性的过失总以为可以原许，而且也没有可以不原许的资格。

那些伪君子——假道学家，假基督教徒，法利赛人和撒都该人等，却偏是喜欢多管这些闲事，这是使我最觉得讨嫌的。假如我有一个敌人，我虽愿意和他拼个你死我活，但决不能幸乐他家里的流言，更不必说别人的事了。你们伪君子平常以此为乐，到底是什么意思？你们依恃自己在传统道德面前是个完人，相信在圣庙中有你的分，便傲慢的来侮蔑你的弟妹，说"让我来裁判你"，至多也总是说，"让我来饶恕你。"我们不但不应裁判，便是饶恕也非互相饶恕不可，因为我们脆弱的人类在这世界存在的期间总有着几多弱点，因了这弱点，并不因了自己的优点才饶恕人。你们伪君子们不知道自己也有弱点，只因或种机缘所以未曾发现，却自信有足以凌驾众人的德性，更处处找寻人家的过失以衬贴自己的贤良，如把别人踏的愈低，则自己的身份也就抬的愈高，所以幸灾乐祸，苛刻的吹求，你们的意思就只是竭力践踏不幸的弟妹以助成你的得救！你们的仲尼耶稣是这样的教你的么？你们心里的淫念使你对于淫妇起妒忌怨恨之念，要拿石头打死她们，至今也还在指点讥笑她。这是怎样可怜悯可嫌恶的东西！你们笑什么？你们也配笑么？我不禁要学我所爱读的小说家那样放大了喉咙狠命的叫骂着说，

"…………"

这篇东西似乎未完，但因为是别人的文章，我不好代为续补。看文中语气，殆有古人所谓"老牛舐犊"之情，篇名题作抱犊谷通信，文义双关，正是巧合也。编者又记。

论作鸡蛋糕

近来对于女子教育似乎有两派主张，一派是叫女学生要专作鸡蛋糕，一派是说不应该作。这两派的人自然各有理由，不肯相下，现在姑且不去管他，照我个人的意见说来，我却是赞成作鸡蛋糕的。

本来鸡蛋糕这东西是点心中颇好吃的一种，从店铺里买来的一定价钱不很便宜，那么倘若自己能作，正是极好的事，所以我对于女学生作鸡蛋糕学说表示赞成。但是，我得声明，我不是正统的鸡蛋糕学派，因为他们的理由是老爷爱吃鸡蛋糕故太太应作之，说得冠冕一点是夫为妻纲思想的遗风，这是我所始终反对的。我的主张本来并不限于女子，便是男子也该会作鸡蛋糕，不但是鸡蛋糕，便是煮饭洗衣男子也该会作，不过现在是谈女子教育，所以只就这一方面立论罢了。

我并不是学教育的，也不曾熟知中国女子，因此我不能以什么教育家或是丈夫的资格来陈述她们的缺点，提议教育上的补救方法。我只是以旁观的地位，就见闻所得，说一句老实话，觉得现代女子的确有一个缺点，即缺乏知识之实用。我决不说世风日下，以为旧妇女比新的要好要能干；胡涂的经验与空洞的知识一样是无用的。若是作真的鸡蛋糕等等，多谢有些学校及杂志的提倡，恐怕新妇女的手段未必怎么也不及她们的老辈，所可惜的是对于人生这一个大鸡蛋糕她们也同老

姑母们一样的没有办法。我说她们应该懂的是这个鸡蛋糕的作法。

处理人生的方案我想是没有人可以拟定传授的,须得各自去追求才对,但是这上面必要的常识却是可以修得。这可以分为普通知识之获得及其实用来说。在现在这个过渡时代里,只凭了传统的指导去生活,固然也还可暂时敷衍过去,不过这不是我所希望于青年男女者,所以应毋庸议,虽然那种生活法或者倒是颇安全而且舒服的,倘若那个人的个性不大发达,没有什么思想。为现代的新青年计,人生的基本知识是必要的,大要就是这几种学科:

一、自然科学类,内有天文学,地质学,生物学三种。

二、社会科学类,内只人类学一种,但包含历史等在内。

一眼看去,这都是专门学问,非中学课程中所有,要望青年男女得到这种知识,岂非梦话。这个情形我原是知道的,不过我的意思是只要了解大意便好,并不是专攻深造,大约不是很难的事。我的空想的计划是,先从生物学入手,明了了生物的生理及其一生的历史,再从进化说去看生物变迁之迹,就此过渡到地质学方面,研究我们所住的这块地的历史及现状,以后再查考地球在太阳系的位置,并太阳系与别的星星的关系,那就移到天文学上去了。这是右翼,左翼是人类学,青年先从这里知道民族分类的情形,再注意于"社会人类学"的一部分,明白社会组织以及文化道德的发达变迁,于是这号称万物之灵的人类的历史大旨可以知道了。此外在右翼还可加入理化数学,左翼加入政治经济,但如有了上边的基本知识也就足以应用,不但《女儿经》及其他都用不着,就是不读圣经贤传,在一生里也可以没有什么过恶了,这种常识教科书,倘若有适当的人来编,我想不是什么难事,或者只要二十万言就可以写成四本书,此外单行小册自然愈多愈好。只可惜中国人于编书一事似乎缺少才能,我看了那些刊行的灌输知识的丛书,对于上面所说的乐观的话觉得未免有点过分。

我们假定这些知识已经有了,但是如不能利用,还是空的。本来凡有知识无一不是有益有用的,只要人能用他。中国人因为奴性尚未退化,喜因而恶创,善记忆而缺乏思索,虽然获得新知识也总是堆积起来,不能活用,古希腊哲人云,"多识不能益智",正是痛切的批评。据英国故部丘(S.H.Butcher)教授说,希腊的"多识"(Polymathie')一语别有含义,系指一堆事实,记在心里,未曾经过理知的整理之谓。中国人的知识大抵如此,我常说这好像是一家药材店,架上许多抽屉贮藏着各种药品,一格一格的各不相犯,乌头附子

与茯苓生地间壁放着，待有主顾时取用。中国人的脑子里也分作几隔，事实与迷信同时并存，所以学过生理的人在讲台上教头骨有几块，生病时便相信符水可以止痢，石燕可以催生，而静坐起来"丹田"里有一股气可以穿过横隔膜，钻通颅骨而出去了。现在当一反昔日之所为，把所得的知识融会贯通，打成一片，组织起一种自己的人生观，时时去与新得的知识较量，不使有什么分裂或矛盾，随后便以这个常识为依据，判断一切日常的事件与问题。这样作去，虽然不能说一定可以安身立命，有快乐而无烦闷，总之这是应当如此的，而且有些通行的谬误思想，如天地人为三才，天上有专管本国的上帝，地球是宇宙之中心，人身不洁，性欲罪恶，道德不变，有什么天经地义，等等谬见，至少总可以免除了罢。我对于文明史的研究全是外行，但我相信，凡不必要的束缚与牺牲之减少即是文明的信征，反是者为野蛮。一民族的文明程度之高下，即可以道德律的宽严简繁测定之，而性道德之解放与否尤足为标准，至于其根本缘因则仍在于常识的完备，趣味的高尚，因是而理知与感情均进于清明纯洁之域。中国号称礼教之邦，而夷考其实，社会上所主张的道德多是以传统迷信为根基的过去的遗物（现在亦并不实行，只是借此以文过饰非，或为作文章的资料），一般青年却都茫然不知辨别，这是很可叹的事，所以常识之养成在此刻中国实为刻不可缓的急务，愿大家特别注意，不要再沉湎于自己骗自己的"东方精神文明"的鸦片烟酒里了。

　　我临了重复的说，现代女子的确太缺乏知识，不要说知识实用了。在贤母良妻式的女学校"求学"的女学生，不愁不会作鸡蛋糕，但是此外怎样？结婚，育儿，当然是可能的，向来目不识一丁字的女人不是都能尽职么？难道这于学问有什么相干？是的，我要说，什么事都要学，单凭本能与经验是不中用的。圣经上说，"未有学养子而后嫁者也，"这正是贤者千虑之一失，现在应当倒过来说，未有嫁而后学养子者也。想作贤母良妻之人，不知道女人，男人，与小儿是什么东西，这岂不是笑话？这个问题说起来很长，与本文只是一部分的关系，现在且不说下去了，只劝告诸君，侯勃忒夫人（Mrs S.Herbert）的《两性志》(Sex-lore, A. &C. Black) 与《儿童志》(Child-lore, Methuen&Co.) 二书可以一读，即使不读另外关于两性及儿童心理的书。

一九二六年七月二十四日于北京

中国 20 世纪名家散文经典

关于三月十八日的死者

一

我是极缺少热狂的人，但同时也颇缺少冷静，这大约因为神经衰弱的缘故，一遇见什么刺激，便心思纷乱，不能思索更不必说要写东西了。三月十八日下午我往燕大上课，到了第四院时知道因外交请愿停课，正想回家，就碰见许家鹏君受了伤逃回来，听他报告执政府卫兵枪击民众的情形，自此以后，每天从记载谈话中听到的悲惨事实逐日增加，堆积在心上再也摆脱不开，简直什么事都不能作。到了现在已是残杀后的第五日，大家切责段祺瑞贾德耀①，期望国民军的话都已说尽，且已觉得都是无用的了，这倒使我能够把心思收束一下，认定这五十多个被害的人都是白死，交涉结果一定要比沪案②坏得多，这在所谓国家主义流行的时代或者是当然的，所以我可以把彻底查办这句梦话抛开，单独关于这回遭难的死者说几句

---

① 贾德耀：安徽合肥人，曾任北洋政府陆军总长，"三一八"惨案的凶手之一，当时是段祺瑞临时执政府的国务总理。
② 沪案：指 1925 年发生在上海的"五卅"事件。事由日本资本家开枪打死工人顾正红并伤十余人引起，5 月 30 日，上海学生二千余人至租界游行示威，遭帝国主叟屠杀，死伤数十人。

感想到的话。——在首都大残杀的后五日,能够这样平心静气的话了,可见我的冷静也还有一点哩。

二

我们对于死者的感想第一件自然是哀悼。对于无论什么死者我们都应当如此,何况是无辜被戕的青年男女,有的还是我们所教过的学生。我的哀感普通是从这三点出来,熟识与否还在其外,即一是死者之惨苦与恐怖,二是未完成的生活之破坏,三是遗族之哀痛与损失。这回的死者在这三点上都可以说是极量的,所以我们哀悼之意也特别重于平常的吊唁。第二件则是惋惜。凡青年夭折无不是可惜的,不过这回特别的可惜,因为病死还是天行而现在的戕害乃是人功。人功的坏毁青春并不一定是更可叹惜,只要是主者自己愿意抛弃,而且去用以求得更大的东西,无论是恋爱或是自由。我前几天在茶话十三《心中》里说:"中国人似未知生命之重,故不知如何善舍其生命,而又随时随地被夺其生命而无所爱惜"。这回的数十青年以有用可贵的生命不自主地被毁于无聊的请愿里,这是我所觉得太可惜的事。我常常独自心里这样痴想:"倘若他们不死……"我实在几次感到对于奇迹的希望与要求,但是不幸在这个明亮的世界里我们早知道奇迹是不会出来的了。——我真深切的感得不能相信奇迹的不幸来了。

三

这回执政府的大残杀,不幸女师大的学生有两个当场被害。一位杨女士①的尸首是在医院里,所以就搬回了;刘和珍②女士是在执政府门口往外逃走的时候被卫兵从后面用枪打死的,所以尸首是在执政府,而执政府不知怎的把这二三十个亲手打死的死体当作宝贝,轻易不肯给人拿去,女师大的职教员用了九牛二虎之力,到十九晚才算好容易运回校里,安放在大礼堂中。第二天上午十时棺敛,我也去一看;真真万幸我没有见到伤痕或血衣,我只

---

① 杨女士,即杨德群,湖南湘阴人,女子师范大学理预科学生,遇害时年24岁。
② 刘和珍,江西南昌人,女子师范大学英文系学生,遇害时年22岁。

见用衾包裹好了的两个人,只余脸上用一层薄纱蒙着,隐约可以望见面貌,似乎都很安闲而庄严的沉睡着。刘女士是我大半年来从宗帽胡同时代①起所教的学生,所以很是面善,杨女士我是不认识的,但我见了她们两位并排睡着,不禁觉得十分可哀,好像是看见我的妹子,——不,我的妹子如活着已是四十岁了,好像是我的现在的两个女儿的姊姊死了似的,虽然他们没有真正的姊姊。当封棺的时候,在女同学出声哭泣之中,我陡然觉得空气非常沉重,使大家呼吸有点困难,我见职教员中有须发斑白的人此时也有老泪要流下来,虽然他的下颔骨乱动的想忍他住也不可能了。……

这是我昨天在《京副》②发表的文章中之一节,但是关于刘杨二君的事我不想再写了,所以抄了这篇"刊文"。

四

二十五日女师大开追悼会,我胡乱作了一副挽联送去,文曰:

死了倒也罢了,若不想到二位有老母倚闾,亲朋盼信。
活着又怎么着,无非多经几番的枪声惊耳,弹雨淋头。

殉难者全体追悼会是在二十三日,我在傍晚才知道,也作了一联:

赤化赤化,有些学界名流和新闻记者还在那里诬陷。
白死白死,所谓革命政府与帝国主义原是一样东西。
惭愧我总是"文字之国"的国民,只会以文字来纪念死者。

一九二六年三月十八日之后五日

---

① 指发生于1925年的女师大事件;当时进步学生反对依仗军阀政府势力推行奴化教育和封建教育的校长杨荫榆,遭反动当局镇压,下令强行解散女师大。女师大学生在鲁迅、周作人等进步教师支持下,另租宗帽胡同民宅继续上课,坚持斗争,因得到社会广泛支持,终于胜利复校。

② 《京副》,即《京报》副刊。

新中国的女子

　　三月十八日国务院残杀事件发生以后，日文《北京周报》上有颇详明的记述，有些地方比中国的御用新闻记者说的还要公平一点，因为他们不相信群众拿有"几支手枪"，虽然说有人拿着 Stick 的。他们都颇佩服中国女子的大胆与从容，明观生在《可怕的刹那》的附记中有这样的一节话：

　　"在这个混乱之中最令人感动的事，是支那女学生之刚健。凡有示威运动等，女学生大抵在前，其行动很是机敏大胆，非男生所能及。这一天女学生们也很出力。在我的前面有一个女学生，中了枪弹，她用了那毛线的长围巾扎住了流出来的血潮，一点都不张皇，就是在那恐怖之中我也不禁感到钦佩了。我那时还不禁起了这个念头，照这个情形看来，支那将靠了这班女子兴起来罢！"

　　《北京周报》社长藤原君也在社说中说及，有同样的意见：

　　"据当日亲身经历目睹实况的友人所谈，最可佩服的是女学生们的勇敢。在那个可怕的悲剧之中，女学生们死的死了，伤的伤了，在男子尚且不能支持的时候，她们却始终没有失了从容的态度。其时他就想到支那的兴起或者是要在女子的身上了。以前有一位专治汉学的老先生，离开支那二十年之后再到北京来，看了青年女子的面上现出一种生气，与前清时代的女人完全不同了，他很惊异，说照这个情形支那是一定会兴

隆的；我们想到这句话，觉得里边似乎的确表示着支那机运的一点消息。"

我们读佩弦君的《执政府大屠杀记》，看见他说：

"我真不中用，出了门口，一面走，一面只是喘息。后面有两个学生，有一个我真佩服她，她还能微笑着对她的同伴说：'他们也是中国人哪！'这令我惭愧了！"

把这个与杨德群女士因了救助友人而被难的事实合起来看，我们可以相信日本记者的感想是确实的，并不全是由于异域趣味的浪漫的感激。其实这现象也是当然的，从种种的方面看来，女子对于革命事业的觉悟与进行必定要比男子更早，更热烈坚定，因为她们历来所身受的迫压也更大而且更久。波兰俄国以及朝鲜的革命史上女子占着多大的位置，大家大抵是知道的，中国虽是后进，也自然不能独异。我并不想抹杀男子，以为他们不配负救国之责，但他们之不十分有生气，不十分从容而坚忍，那是无可讳言的。我也并不如日本记者那样以为女子之力即足以救中国，但我确信中国革命如要成功，女子之力必得占其大半。有革命思想的男子容易为母妻所羁留，有革命思想的女子不特可以自己去救国，还可以成为革命家之妻，革命家之母。这就是她们的力量之所在。

男女的思想行为的变化与性择很有关系，不过现在都是以男性为主，将来如由女性来作"风雅的盟主"（Elegantiae Arbiter），不但两性问题可以协和，一切也都好了（斯妥布思女士的主张也即是其中之一部分）。现在不谈别的，只说关于中国革命的事，我们的盟主应该是怎样的一种人呢？这断然不是躲在书斋里读《甲寅》的聪明小姐喽，却也未必一定是男装从军的木兰一流人物。我在这里忽然想起波兰的一首诗来，这诗载在勃阑特思（Georg Brandes）所著《十九世纪波兰文学论》中，是有名的复仇诗人密子克微支（Adam Mickiewicz）所作，题名《与波兰的母亲》，是表示诗人理想中的国民之母的，我们且看他是怎样说法。大意云：

"赶快带你的儿子到冷僻的洞窟里，教他睡在芦苇上，呼吸潮湿秽恶的空气，与毒虫同卧一处。在那里，他将学会怎样使他的愤怒潜伏，使他的思想叵测，沉默的毒死他的言语，卑屈的使他的形状像那蝮蛇。我们的救主在作小孩的时候，在拿撒勒游戏，拿了十字架，后来他就在这上面救了世界。波兰的母亲呵！倘若我是你，我将拿他的未来运命的玩具给他游戏。早点给他链条锁在手上，叫他习惯推那犯人的污秽的小车，使他见了刽子手的刀斧不会失色，见了绞索不会红脸。因为他并不如古时武士将往耶路撒冷充十字军，插他的旗在那被征服的城上，也不像三色旗下的兵士将去耕自由之田地，沃以自己的鲜血。不，无名的奸细将告发了他，他当在伪誓的法官前辩护他自己，他的战场是地下的囚室，不可抗的敌人就是他的裁判官。绞架的枯木即为他的墓标，几个女人的眼泪，不久就干了，以及国人的夜间的长谈，是他死后的唯一的荣誉与纪念。"

这是波兰的贤母，但是良妻应当怎样呢？据同一诗人在《格拉支那》（Gracyna）一篇中所说，她可以违背了丈夫的命令，牺牲了身家性命领地，毫无顾惜，只要能保存祖国的光荣，与敌人以损害。啊，波兰的复仇诗人们，密子克微支与斯洛伐支奇，你们的火焰似热情是永不会消灭的，在这世界上还有迫压与残暴的时候。你们理想中的女子或者诚然不免有点过激，但在波兰恐怕非如此不可，而且或者非如此波兰也不会保存以至中兴。中国现在情形似乎比波兰要好一点（不过我也不能担保，照这样"整顿学风"下去，就快到那地步了），因为如勃阑特思的《波兰印象记》第二卷所说，"政府禁止在学校里教女子读波兰文，但教裁缝是许可的，所以她们在石板上各画一幅胸带的图，以防军警来查，她们在桌上摆着裁缝材料，书籍放在下面。"中国总算还让她们读书，因此我觉得对于中国的女子还不至于希望她们成为波兰式的贤母良妻，只希望她能引导我们激刺我们，并不是专去报复，是教我们怎样正当的去爱与死。

我不知道中国的新妇女或旧妇女的爱情是猛烈还是冷淡，但我觉得中国男子大抵对于恋爱与生死没有大的了解与修养，可见女性影响之薄弱无用。生在此刻中国的女子不但当以大胆与从容的态度处理自己的恋爱与死，还应以同样的态度来引导——不，我简直就说引诱或蛊惑男子去走同一的道路，而且使恋爱与死互相完成。这应当怎么作，她们自己会知道，我们不能说，我只能表示这样一个希望罢了。至于弹琴作画吟诗刺绣的小姐们，本来也是好的，不过那是天下太平时代的装饰品，正如一个霁红花瓶，我决不想敲破他，不过不是像现在中国这样的破落人家所该得起的，所以我不想颂扬。大约在二十年前，刘申叔先生正在东京办《天义报》的时候，我曾作了三首偶成的诗，寄给他发表，现在还没有忘记，转录在这里，算作有诗为证罢。

    为欲求新生，辛苦此奔走，
    学得调羹汤，归来作新妇。

中国 20 世纪名家散文经典

不读宛委书,但织鸳鸯锦,
织锦长一丈,春华此中尽。
出门怀大愿,竟事不一决。
款款坠庸轨,芳徽永断绝。

民国十五年大残杀之月末日,在北京书为被杀伤的诸女士纪念。

乡村与道教思想

一

改良乡村的最大阻力，便在乡人们自身的旧思想，这旧思想的主力是道教思想。

所谓道教，不是指老子的道家者流，乃是指有张天师作教王，有道士们作祭司的，太上老君派的拜物教。平常讲中国宗教的人，总说有儒释道三教，其实儒教的纲常早已崩坏，佛教也只剩了轮回因果几件和道教同化了的信仰还流行民间，支配国民思想的已经完全是道教的势力了。我们不满意于"儒教"，说他贻害中国，这话虽非全无理由，但照事实看来，中国人的确都是道教徒了。几个"业儒"的士类还是于曰诗云的乱说，他的守护神实在已非孔孟，却是梓潼帝君伏魔大帝这些东西了。在没有士类来支撑门面的乡村，这个情形自然更为显著。新陇杂志里说，在陕西甘肃住的人民总忘不了皇帝，"你碰见他们，他们不是问道，紫微星什么时候下凡，就是问道，徐世昌坐江山坐的好不好？"我想他们的保皇思想，并不是从"率土之滨莫非王臣"或"三月无君则吊"这些经训上得来的，他们的根据便只在"真命天子"这句话。这是玄穹高上帝派来的，是紫微星弥勒佛下凡的，所以才如此尊重！中国乡村的人佩服皇帝,是的确的,但说他全由儒教影响,是不的确的。他们的教主不是讲《春秋》大义的孔夫子,却是那预言天下从此太平的陈抟老祖。

我常看见宋学家的家庭里,生员的儿子打举人的父亲,打了之后,两个人还各以儒业自命,所以我说儒教的纲常本已崩坏了。在乡村里,自然更不消说,乡间有一种俗剧,名叫《目连戏》,其中有一节曰《张蛮打爹》,张蛮的爹说:"从前我打爹的时候,爹逃就完了,现在他打我,我逃他还追哩。"这很可以表示民间道德的颓废了。可是一面"慎终追远一却颇考究,对于嗣绩问题尤为注意,不但有一点产业的如此,便是'从手到口'的穷朋友,也是一样用心。《新生活》二十八期的'一个可怜的老头子'里,老人作了苦工养活他的不孝的儿子,他的理由是'倘若逐了他出去,将来我死的时候那个烧钱纸给我呢?'孔子原是说'祭如在',但后来儒业的人已多回到道教的精灵崇拜上去,怕若敖氏鬼的受饿了。乡村的嗣绩问题,完全是死后生活的问题,与族姓血统这些大道理别无关系了。"

此外还有许多道教思想的恶影响,因为相信鬼神魔术奇迹等事,造成的各种恶果,如教案,假皇帝,烧洋学堂,反抗防疫以及统计调查,打拳械斗,炼丹种蛊,符咒治病种种,都很明显,可以不必多说了。但有一件事,从前无论那个愚民政策的皇帝都不能作到,却给道教思想制造成功的,便是相信"命"与"气运"。他们既然相信五星联珠是太平之兆,又相信紫微星已经下凡,那时同他们讲民主政治,讲政府为人民之公仆,他们那里能够理解?又如相信资本家都是财神转世,自己的穷苦因为命里缺金,这又怎敢对于他们有不平呢?项羽亡秦,并不因他有重瞳异相的缘故,实在只为他说,"彼可取而代也!"把自己和秦始皇一样看待,皇帝的威严就消灭了。中国现在到处是大乱之源,却不怕他发作,便因为有这"命"的迷信。人相信命,便自然安分,不会犯上作乱,却也不会进取;"上等社会"的人可以高枕无忧,但是想全部的或部分的改造社会的人的努力,却也多是徒劳,不会有什么成绩了。

以上是我对于乡人的思想的一点意见,至于解放的方法,却还没有想出。就原始的拜物教的变迁看来,有两条路:其一,发达上去,进为一神的宗教;其二,被科学思想压倒,渐归消灭。所以有人根据了第一条路,想用基督教来消灭他,这原是很好的方法,但相差太远,不易融化,不过改头换面,将多神分配作教门圣徒,事实上还是旧日的信仰。第二条路更是彻底了,可是灌输科学思想的方法很有应该研究的地方,须得专门的人出来帮助,这一篇里不能说了。

一九二〇年七月十八日,在北京。(《新生活》第三十九期)

二

上文是六年前所写,那一天正是长辛店大战,枪炮声震天,我还记得很清楚,至于这是谁和谁打,可是忘记了,因为京畿战争是那么多,改变的那么快。什么都变的快,《新生活》也早已停刊了,所没有改变的就只是国民的道教思想。我以前曾指出礼教的根本由于性的恐怖之迷信,即出于萨满教,那么现今军阀学者所共同提倡的实在也就是道教思想。我拿出旧稿来看,仿佛觉得是今天作的,所以忍不住要重登他一回,不过我的意思略有变更,觉得上文末尾所说的两种办法都是不可能的。我要改正的是,"彻底"是决没有的事,传教式的科学运动是没有用的,最好的方法还只是普及教育,诉诸国民的理性。所可惜者,现今教育之发展理性的力量似乎不很可信,而国民的理性也很少发展的希望。我不禁想起英国弗来则(Frazer)教授著《普须该的工作》(Psycehe's Task)里的《社会人类学的范围》文中的话来,要抄录他几句。社会人类学亦称文化人类学,是专研究礼教与传说这一类的学问,据他说研究有两方面,其一是野蛮人的风俗思想,其二是文明国的民俗。他说明现代文明国的民俗大都即是古代蛮风之遗留,也即是现今野蛮风俗的变相,因为大多数的文明衣冠的人物在心里还依旧是个野蛮。他说:

"我现在所想说明的是,为什么在有可以得到知识的机会之人民中间,会有那各种政治的,宗教的,道德的迷信遗留着。这理由是如此:那些高等思想,常是发生于上层,还未能从最高级一直浸润到最下级的心里。这种浸润大抵是缓慢的,到得新思想达到底层的时候(倘若果真能够达到),那也已变成古旧,在上层又另换了别的了。假如我们能够把两个同国同时代但是智力相反的人的头揭开来,看一看他们的思想,那恐怕是截不相同,好像是两个种族的人。有一句话说的好,人类是梯队式地前进,这就是说,他们的行列不是横排的,但是一个个的散行进行,大家跟着首领都有若干不同的距离。这不但是民族中间如此,便是同国同时代的个人中间也是这样的。正如一个民族时常追过同时的别民族,在同一国家内一个人也不断地越过他的同僚,结果是凡能脱去迷信的拘束者成为民族中的最先进的人,一般走不快的则还是让迷信压在他的背上,缚住他的脚。我们现在丢开譬喻,直说起来,迷信之所以遗留者,因为这些虽然已使国内的明白人感到憎恶,但与别一部分的人的思想感情还正相谐合,他们虽被上等的同胞训练过,有了文明的外表,在心里还仍旧是一个野蛮。所以,例如那些对于大逆及魔术的野蛮刑罚,凶恶的奴制,在这个国里,直到近代还容许著。这些遗风可以分作两

类,即是公的或私的,换言之,即看这是规定在法律内,或是私下施行,无论是否法律所默许。我刚才所举的例是属于前项的。没有多久,巫在英国还是当众活焚,叛逆者当众剖腹,蓄奴当作合法制度,还留存的长久一点。这种公的迷信的真性质不容易被人发见,正因为他是公的,所以直到被进步的潮流所扫去为止,总有许多人拥护这些迷信,以为是保安上必要的制度,为神与人的法律所赞许的。

普通所谓民俗学,却大抵是以私的迷信为限。在文明国里最有教育的人,平常几乎不知道有多少这样野蛮的遗风余留在他的门口。到了上世纪这才有人发见,特别因了德国格林兄弟的努力。自此以后就欧洲农民阶级进行系统的研究,遂发见惊人的事实,各文明国的一部分——即使不是大多数——的人民,其智力仍在野蛮状态之中,即文化社会的表面已为迷信所毁坏。只有因了他的特殊研究而去调查这个事件的人,才会知道我们脚底下的地已被不可见之力洞穿的多么深了。我们似乎是站在火山之上,随时都会喷出烟和火来,把若干代的人辛苦造成的古文化的宫阙亭院完全破灭。勒南(Renan)在看了巴斯多木的希腊废庙之后,再与意大利农民的丑秽蛮野相比,说道,'我真替文明发抖,看见他是这样的有限,建立在这样薄弱的基础上,单依靠着这样少数的个人,即使是在这文明主宰的地方。'

倘若我们审查这些为我国民所沉默而坚定的执守住的迷信,我们将大吃一惊,发见那生命最长久的正是那最古老最荒唐的迷信,至于虽是同样的谬误却较为近代,较为优良的,则更容易为民众所忘却。……"

够了,抄下去怕要太长了。总之,照他这样说来,民众终是迷信的信徒,是不容易济度的。弗来则教授又说:

"实际上,无论我们怎样的把他变妆,人类的政治总时常而且随处在根本上是贵族的。(案:我很想照语源泽作'贤治的')任使如何运用政治的把戏总不能避免这个自然律。表面上无论怎样,愚钝的多数结局是跟聪敏的少数人走,这是民族的得救,进步的秘密。高等的人智指挥低等的,正如人类的智慧使他能制伏动物。我并不是说社会的趋向是靠着那些名义上的总督,王,政治家,立法者。人类的真的主宰是发展知识的思想家,因为正如凭了他的高等的知识,并非高等的强力,人类主宰一切的动物一样,所以在人类中间,这也是那知识,指导管辖社会的所有的力。……"

这或者是唯一的安慰与希望罢。

一九二六年十月二日,时北京无战争

死法

"人皆有死",这句格言大约是确实的,因为我们没有见过不死的人,虽然在书本上曾经讲过有这些东西,或称仙人,或是"尸忒卢耳不卢格"(Strulbrug),这都没有多大关系。不过我们既然没有亲眼见过,北京学府中静坐道友又都剩下蒲团下山去了,不肯给予凡人以目击飞升的机会,截至本稿上版时止本人遂不能不暂且承认上述的那句格言,以死为生活之最末后的一部分,犹之乎恋爱是中间的一部分,——自然,这两者有时并在一处的也有,不过这仍然不会打破那个原则,假如我们不相信死后还有恋爱生活。总之,死既是各人都有分的,那么其法亦可得而谈谈了。

统计世间死法共有两大类,一曰"寿终正寝",二曰"死于非命"。寿终的里面又可以分为三部。一是老熟,即俗云油尽灯干,大抵都是"喜丧",因为这种终法非八九十岁的老太爷老太太莫办,而渠们此时必已四世同堂,一家里拥上一两百个大大小小男男女女,实在有点住不开了,所以渠的出缺自然是很欢送的。二是猝毙,某一部机关发生故障,突然停止进行,正如钟表之断了发条,实在与磕破天灵盖没有多大差别,不过因为这是属于内科的,便是在外面看不出痕迹,故而也列入正寝之部了。三是病故,说起来似乎很是和善,实际多是那"秒生"(Bacteria)先生作的怪,用了种种凶恶的手段,谋害"蚁命",快

的一两天还算是慈悲,有些简直是长期的拷打,与"东厂"不相上下,那真是厉害极了。总算起来,一二都倒还没有什么,但是长寿非可幸求,希望心脏麻痹又与求仙之难无异,大多数人的运命还只是轮到病故。揆诸吾人避苦求乐之意实属大相径庭,所以欲得好的死法,我们不得不离开了寿终而求诸死于非命了。

非命的好处便是在于他的突然,前一刻钟明明是还活着的,后一刻钟就直挺的死掉了,即使有苦痛(我是不大相信)也只有这一刻,这是他的独门的好处。不过这也不能一概而论。十字架据说是罗马处置奴隶的刑具。把他钉在架子上,让他活活的饿死或倦死,约莫可以支撑过几天;荼毗是中世纪卫道的人对付异端的,不但当时烤的难过,随后还剩下些零星末屑,都觉得不很好。车边斤原是很爽利,是外国贵族的特权,也是中国好汉所欢迎的,但是孤零零的头像是一个西瓜,或是"柚子",如一位友人在长沙所见,似乎不大雅观,因为一个人的身体太走了样了。吞金喝盐卤呢,都不免有点妇女子气,吃鸦片烟又太有损名誉了,被人叫作烟鬼,即使生前并不曾"与芙蓉城主结不解缘"。怀沙自沉,前有屈大夫,后有……,倒是颇有英气的,只恐怕泡的太久,却又不为鱼鳖所亲,像治咳嗽的"胖大海"似的,殊少风趣。吊死据说是很舒服(注意:这只是据说,真假如何我不能保证),有岛武郎与波多野秋子便是这样死的,有一个日本文人曾经半当真半取笑的主张,大家要自尽应当都用这个方法,可是据我看来也有很大的毛病。什么书上说有缢鬼降乩题诗云,

　　目如鱼眼四时开,
　　身若悬旌终日挂,

(记不清了,待考;仿佛是这两句,实在太不高明,恐防是不第秀才作的)又听说英国古时盗贼处刑,便让他挂在架上,有时风吹着骨节珊珊作响(这些话自然也未可尽信,因为盗贼不会都是锁子骨,然而"听说"如此,我也不好一定硬反对),虽然有点唐珊尼爵士(Lord Dunsany)小说的风味,总似乎过于怪异——过火一点。想来想去都不大好,于是乎最后想到枪毙。枪毙,这在现代文明里总可以算是最理想的死法了。他实在同丈八蛇矛嚓喇一下子是一样,不过更文明了,便是说更便利了,不必是张翼德也会使用,而且使用的那样的广和多!在身体上钻一个窟窿,把里面的机关搅坏一点,流出些蒲

公英的白汁似的红水,这件事就完了,你看多么简单。简单就是安乐,这比什么病都好的多了。三月十八日中法大学生胡锡爵君在执政府被害,学校里开追悼会的时候,我送去一副对联,文曰:

  什么世界,还讲爱国?
  如此死法,抵得成仙!

  这末一联实在是我衷心的颂辞。倘若说美中不足,便是弹子太大,掀去了一块皮肉,稍为触目,如能发明一种打鸟用的铁砂似的东西,穿过去好像是一支粗铜丝的痕,那就更美满了。我想这种发明大约不会很难很费时日,到得成功的时候,喝酸牛奶的梅契尼柯夫(Metchnikoff)医生所说的人的"死欲"一定也已发达,那么那时真可以说是"合之则双美"了。

  我写这篇文章或者有点受了正冈子规的俳文《死后》的暗示,但这里边的话和意思都是我自己的。又上文所说有些是玩话,有些不是,合并声明。

一九二六年五月

  案,所说俳文《死后》已由张凤举先生译出,登在《沉钟》第六期上。

一九二七年八月编校时再记

中国 20 世纪名家散文经典

偶感

一

李守常君于四月二十八日被执行死刑了。李君以身殉主义，当然没有什么悔恨，但是在与他有点戚谊乡谊世谊的人总不免感到一种哀痛，特别是关于他的遗族的困穷，如有些报纸上所述，就是不相识的人看了也要悲感。——所可异者，李君据说是要共什么的首领，而其身后萧条乃若此，与毕庶澄马文龙之拥有数十百万者有月鳖之殊，此岂非两间之奇事与哑谜欤？

同处死刑之二十人中还有张挹兰君一人也是我所知道的。在她被捕前半个月，曾来见我过一次，又写一封信来过，叫我为《妇女之友》作篇文章，到女师大的纪念会去演说，现在想起来真是抱歉，因为忙一点的缘故这两件事我都没有办到。她是国民党职员还是共产党员，她有没有该死的罪，这些问题现在可以不谈，但这总是真的，她是已被绞决了，抛弃了她的老母。张君还有两个兄弟，可以侍奉老母，这似乎可以不必多虑，而且——老母已是高年了（恕我忍心害理地说一句老实话），在世之日有限，这个悲痛也不会久担受，况且从洪杨以来老人经过的事情也很多了，知道在中国是什么事都会有的，或

者她已有练就的坚忍的精神足以接受这种苦难了吧？

> 附记：我记起两本小说来，一篇是安特来夫的《七个绞犯的故事》，一篇是梭罗古勃的《老屋》。但是虽然记起却并不赶紧拿来看，因为我没有这勇气，有一本书也被人家借去了。

一九二七年五月三日

二

报载王静庵君投昆明湖死了。一个人愿意不愿意生活全是他的自由，我们不能加以什么褒贬，虽然我们觉得王君这死在中国幼稚的学术界上是一件极可惜的事。

王君自杀的缘因报上也不明了，只说是什么对于时局的悲观。有人说因为恐怕党军，又说因有朋友们劝他剪辫；这都未必确吧，党军何至于要害他，剪辫更不必以生死争。我想，王君以头脑清晰的学者而去作遗老弄经学，结果是思想的冲突与精神的苦闷，这或者是自杀——至少也是悲观的主因。王君是国学家，但他也研究过西洋学问，知道文学哲学的意义，并不是专作古人的徒弟的，所以在二十年前我们对于他是很有尊敬与希望，不知道怎么一来，王君以一了无关系之"征君"资格而忽然作了遗老，随后还就了"废帝"的师傅之职，一面在学问上也钻到"朴学家"的壳里去，全然抛弃了哲学文学去治经史，这在《静庵文集》与《观堂集林》上可以看出变化来（譬如《文集》中有论《红楼梦》一文，便可以见他对于软文学之了解，虽在研究思索一方面或者《集林》的论文更为成熟）。在王君这样理知发达的人，不会不发见自己生活的矛盾与工作的偏颇，或者简直这都与他的趣味倾向相反而感到一种苦闷——是的，只要略有美感的人决不会自己愿留这一支辫发的，徒以情势牵连莫能解脱，终至进退维谷，不能不出于破灭之一途了。一般糊涂卑鄙的遗老，大言辛亥"盗起湖北"，及"不忍见国门"云云，而仍出入京津，且进故宫叩见鹿"司令"为太监说情，此辈全无心肝，始能恬然过其耗子蝗虫之生活，绝非常人所能模仿，而王君不慎，贸然从之，终以身殉，亦可悲矣。语云，其作始也简，其将毕也巨，学者其以此为鉴：治学术艺文者须一依自己的本性，坚持勇往，勿涉及政治的意见而改其趋向，终成为二重的生活，身心分裂，趋于毁灭，是为至要也。

写此文毕,见本日《顺天时报》,称王君为保皇党,云"今夏虑清帝之安危,不堪烦闷,遂自投昆明湖,诚与屈平后先辉映",读之始而肉麻,继而"发竖"。甚矣日本人之荒谬绝伦也!日本保皇党为欲保持其万世一系故,苦心于中国复辟之鼓吹,以及逆徒遗老之表彰,今以王君有辫之故而引为同志,称其忠荩,亦正是这个用心。虽然,我与王君只见过二三面,我所说的也只是我的想象中的王君,合于事实与否,所不敢信,须待深知王君者之论定:假如王君而信如日本人所说,则我自认错误,此文即拉杂摧烧之可也。

一九二七年六月四日旧端阳于北京

三

听到自己所认识的青年朋友的横死,而且大都死在所谓最正大的清党运动里,这是一件很可怜的事。青年男女死于革命原是很平常的,里边如有相识的人,也自然觉得可悲,但这正如死在战场一样,实在无可怨恨,因为不能杀敌则为敌所杀是世上的通则,从国民党里被清出而枪毙或斩决的那却是别一回事了。燕大出身的顾陈二君,是我所知道的文字思想上都很好的学生,在闽浙一带为国民党出了好许多力之后,据《燕大周刊》报告,已以左派的名义被杀了。北大的刘君在北京被捕一次,幸得放免,逃到南方去,近见报载上海捕"共党",看从英文译出的名字恐怕是她,不知吉凶如何。普通总觉得南京与北京有点不同,青年学生跑去不知世故的行动,却终于一样的被祸,有的还从北方逃出去投在网里,令人不能不感到怜悯。至于那南方的杀人者是何心理状态,我们不得而知,只觉得惊异:倘若这是军阀的常态,那这惊异也将消失,大家唯有夏归于沉默,于是而沉默遂统一中国南北。

一九二七年七月五日于北京

四

昨夜友人来谈,说起一月前《大公报》上载吴稚晖致汪精卫函,挖苦在江浙被清的人,说什么毫无杀身成仁的模样,都是叩头乞命,毕瑟可怜云云。本来好生恶死人之常情,即使真是如此,也应哀矜勿喜,决不能当作嘲弄的

资料,何况事实并不尽然,据友人所知道,在其友处见一马某所寄遗书,文字均甚安详,又从上海得知,北大女生刘尊一被杀,亦极从容,此外我们所不知道的还很多。吴君在南方不但鼓吹杀人,还要摇鼓他的毒舌,侮辱死者,此种残忍行为盖与漆髑髅为饮器无甚差异。有文化的民族,即有仇杀,亦至死而正,若戮辱尸骨,加以后身之恶名,则非极堕落野蛮之人不愿为也。吴君是十足老中国人,我们在他身上可以看出永乐乾隆的鬼来,于此足见遗传之可怕,而中国与文明之距离也还不知有若干万里。

我听了友人的话不禁有所感触。整一个月以前,有敬仔君从河北寄一封信来,和我讨论吴公问题,我写了一张回信,本想发表,后来听说他们已随总司令而下野,所以也就中止了;现在又找了出来,把上半篇抄在这里:

我们平常不通世故,轻信众生,及见真形,遂感幻灭,愤恚失望,继以呵责,其实亦大可笑,无非自表其见识之幼稚而已。语云,"少所见,多所怪,见橐驼谓马肿背",痛哉斯言。愚前见《甲寅》《现代》,以为此辈绅士不应如是,辄"动感情",加以抨击,后稍省悟,知此正是本相,而吾辈之怪讶为不见世面也。今于吴老先生亦复如此,千年老尾既已显露,吾人何必更加指斥,直趋而过之可矣。……

我很同情于友人的愤激的话(但他并不是西什么,替他声明一句),我也仍信任我信里的冷静的意见,但我总觉得中国这种传统的刻薄卑劣根性是要不得的,特别尤其在这个革命时代。我最佩服克鲁巴金(?)所说的俄国女革命党的态度,她和几个同志怀了炸弹去暗杀俄皇,后来别人的弹先发,亚力山大炸倒在地,她却仍怀了炸弹跑去救助这垂死的伤人,因为此刻在她的眼中他已经不是敌人而是受苦的同类了(她自己当然被捕,与同志均处死刑了)。但是,这岂是中国人所能懂的么?

一九二七年九月

妇女问题与东方文明等

妇女问题是全人类的问题,不单是关于女性的问题。英国凯本德(E.Carpenter)曾说过,妇女运动不能与劳工运动分离,这实在是社会主义中之一部分,如不达到纯正的共产社会时,妇女问题终不能彻底解决。无论政治改革到怎样,但如妇女在妊孕生产时不能得政府的扶助,或在平时尚有失业之虑,结果不能不求男子的供养,则种种形相的卖淫与奴隶生活仍不能免,与资本主义时代无异。苏俄现任驻挪威公使科隆泰(A.Kollontai)女士在所著小说《姊妹》一篇里描写这种情形,很是明白,在举世称为共产共妻的俄国,妇女的地位还是与世界各国相同,她如不肯服从那依旧专横的丈夫,容忍他酗酒或引娼女进家里来,她便只好独自走出去,去作那娼女的姊妹,因为此外无职业可就。这样看来,妇女问题的根本解决在此刻简直是不可能,而所谓纯正的共产社会也还只好当作乌托邦看罢了。

这个年头儿,本来也不必讲什么太理想的话,太理想容易近于过激,所以还是来"卑之,无甚高论"吧。在此刻讲妇女问题,就可讲的范围去讲,实在只有"缝穷"之一法,这就是说在破烂的旧社会上打上几个补钉而已。女子的职业开放,权利平等(选举及从政权,遗产承受权等),这自然都是很好的,一面是妇女问题的部分的改造,一面也确可以使妇女生活渐进

于自由。但我所想说的,却在还要抽象的一方面,虽是比较的不切实,其实还比较的重要一点,因为我觉得中国妇女运动之不发达实由于女子之缺少自觉,而其原因又在于思想之不通彻,故思想改革实为现今最应重视的一件事。这自然,我的意思是偏于智识阶级的一边,一切运动多由他们发起煽动,已是既往的事实,大众本是最"安分守己"的,他的理想世界还是在辛亥以前,如没有人去叫他,一直还是愿意这样睡下去的:智识阶级无论是否即将被"奥伏赫变"的东西,总之这是他们的责任。去叫醒别人,最初自然须得先使自己觉醒。我所说的便是关于这自己觉醒的问题,也即是青年的思想改革。

  第一重要的事,青年必须打破什么东方文明的观念。自从不知是那一位梁先生高唱东方文明的赞美歌以来,许多遗老遗少随声附和,到处宣传,以致青年耳濡目染,也中了这个毒,以为天下真有两种文明。东方是精神的,西方是物质的,而精神则优于物质,故东方文化实为天下至宝,中国可亡,此宝永存。这种幼稚的夸大也有天真烂漫之处,本可以一笑了之,唯其影响所及,不独拒绝外来文化,成为思想上的闭关,而且结果变成复古与守旧。使已经动摇之旧制度旧礼教得了这个护符,又能支持下去了。就是照事实上说来,东方文明这种说法也是不通的。他们见了佛陀之说寂灭,老庄之说虚无,孔孟之说仁义,与泰西的舰坚炮利很是不同,便以为东西文化有精神物质之殊;其实在东方之中。佛老或者可以说是精神的(假如这个名词可通),孔孟则是专言人事的实际家,其所最注意的即是这个物质的人生,而西方也有他们的基督教,虽是犹太的根苗,却生长在希腊罗马的土与空气里,完全是欧化了的宗教,其"精神的"之处恐怕迥非华人所能及,一方面为泰西物质文明的始基之希腊文化则又有许多地方与中国思想极相近,亚列士多德一路的格致家我们的确惭愧没有,但如梭格拉第之与儒家,衣壁鸠鲁之与道家,画廊派(Stoics)之与墨家,就是不去征引蔡子民先生的话,也可以说是不少共通之点。其实这些议论都是废话,人类只是一个,文明也只是一个,其间大同小异,正如人的性情肢体一般,无论怎样变化,总不会眼睛生到背后去,或者会得贪死恶生的吧?那些人强生分别,妄自尊大,有如自称黄种得中央戊己土之颜色,比别的都要尊贵,未免可笑。又从别一方面说,人生各种活动大抵是生的意志之一种表现,所以世间没有真的出世法,自迎蛇拜龟,吐纳静坐,以至耶之永生,佛之永寂,以至各主义者之欲建天国于此秽土之上,几乎都是这个意思,不过手段略有不同罢了。讲到这里,便有点分不出那个是物质的,那个是精神的,因为据我看来,佛教对于人生之奢望过

于耶教,而耶教的奢望也过于共产主义者,共产主义者自然又过于普通政治家;但是这未必可以作为精神文明的等级吧?总之,这东方文明的礼赞完全是一种谬论或是误解,我们应当理解明白,不要人云亦云的当作时髦话讲,否则不但于事实不合,而且谬种流传,为害非浅,家族主义与封建思想都将兴盛起来,成为反动时代的起头了。

其次也就是末了的一件事,即是科学思想的养成。我们无论作什么事情,科学思想都是不可少的,但在妇女问题研究上尤其要紧。我尝想,孔子说"唯女子与小人为难养也",不过是据他的观察而论事实,只要事实改变,这便成了虚论,不若佛道教的不净观之为害尤甚,民间迷信不必说了,就是后来的礼教在表面上经过儒家的修改,仿佛是合理的礼节,实在还是以原始道教即萨满教 Sha manism(本当译作沙门教,恐与佛教相混,故从改译)为基本,凡是关于两性间的旧道德禁戒几乎什九可以求出迷信的原义来。要破除这种迷信与礼教,非去求助于科学知识不可,法律可以废除这些表面的形迹,但只有科学之光才能灭它内中的根株。还有,直视事实的勇气,我们也很缺乏,非从科学训练中去求得不可。中国近来讲主义与问题的人都不免太浪漫一点,他们作着粉红色的梦,硬不肯承认说帐子外有黑暗。譬如谈革命文学的朋友便最怕的是人生的黑暗,有还是让它有着,只是没有这勇气去看,并且没有勇气去说,他们尽嚷着光明到来了,农民都觉醒了,明天便是世界大革命!至于农民实际生活是怎样的蒙昧,卑劣,自私,那是决不准说,说了即是有产阶级的诅咒。关于妇女问题也有相似的现象,男子方面有时视女子若恶魔,有时视若天使,女子方面有时自视如玩具,有时又视如帝王;但这恐怕都不是真相吧?人到底是奇怪的东西,一面有神人似的光辉,一面也有走兽似的嗜好,要能够睁大厂眼冷静的看着的人才能了解这人与其生活的真相。研究妇女问题的人必须有这个勇气,考察盾的两面,人类与两性的本性及诸相,对于什说都不出惊,这才能够加以适当的判断与解决。关于恋爱问题尤非有这个眼光不可,否则如科隆泰女士小说《三种恋爱》中所说必苦于不能理解。不过,中国现社会还是中世纪状态,像书中祖母的恋爱还有点过于时新,不必说别的了;总之,即使不讲太理想的话,养成科学思想也仍是很有益的事吧?——病后不能作文章,今日勉强写这一篇,恐怕很有些胡涂的地方。

一九二八年六月二十六日于北京

中国20世纪名家散文经典

三礼赞

一、娼女礼赞

这个题目,无论如何总想不好,原拟用古典文字写作 Apologia pro Pornes,或以国际语写之,则为 Apologia pro Prostituistino,但都觉得不很妥当,总得用汉文才好,因此只能采用这四个字,虽然礼赞应当是 Enkomion 而不是 Apologia,但也没有法子了。

民国十八年四月吉日,于北平

贯华堂古本《水浒传》第五十回叙述白秀英在郓城县勾栏里说唱笑乐院本,参拜了四方,拍下一声界方,念出四句定场诗来:

新鸟啾啾旧鸟归,
老羊羸瘦小羊肥,
人生衣食真难事,
不及鸳鸯处处飞。

雷横听了喝声彩。金圣叹批注很称赞道好,其实我们看了也的确觉得不坏。或有句云,世事无如吃饭难,此事从来远矣。试观天下之人,固有吃饱的不能再作事者,而多作事却仍缺饭吃的朋友,盖亦比比然也。尝读民国十年十月廿一日《觉悟》上所引德国人柯祖基(Kautzky)的话:

"资本家不但利用她们(女工)的无经验,给她们少的不够自己开销的工钱,而且对她们暗示,或者甚至明说,只有卖淫是补充收入的一个法子。在资本制度之下,卖淫成了社会的台柱子。"我想,资本家的意思是不错的。在资本制度之下,多给工资以致减少剩余价值,那是断乎不可,而她们之需要开销亦是实情;那么还有什么办法呢,除了设法补充?圣人有言,饮食男女,人之大欲存焉。世之人往往厄于贫贱,不能两全,自手至口,仅得活命,若有人为"煮粥",则吃粥亦即有两张嘴,此穷汉之所以兴叹也。若夫卖淫,乃寓饮食于男女之中,犹有鱼而复得兼熊掌,岂非天地间仅有的良法美意,吾人欲不喝彩叫好又安可得耶?

美国现代批评家里有一个姓们肯(Mencken)的人,他也以为卖淫是很好玩的。《妇人辩护论》第四十三节是讲花姑娘的,他说卖淫是这些女人所可作的最有意思的职业之一,普通娼妇大抵喜欢她的工作,决不肯去和女店员或女堂倌调换位置。先生女士们觉得她是堕落了,其实这种生活要比工场好,来访的客也多比她的本身阶级为高。我们读西班牙伊巴涅支(Ibanez)的小说《侈华》,觉得这不是乱说的话。们肯又道:

"牺牲了贞操的女人,别的都是一样,比保持贞洁的女人却更有好的机会,可以得到确实的结婚。这在经济的下等阶级的妇女特别是如此。她们一同高等阶级的男子接近,——这在平时是不容易,有时几乎是不可能的,——便能以女性的希奇的能力逐渐收容那些阶级的风致趣味与意见。外宅的女子这样养成姿媚,有些最初是姿色之恶俗的交易,末了成了正式的结婚。这样的结婚数目在实际比表面上所发现者要大几倍,因为两造都常努力想隐藏他们的事实。"那么,这岂不是"终南捷径",犹之绿林会党出身者就可以晋升将官,比较陆军大学生更是阔气百倍乎。

哈耳波伦(Heilborn)是德国的医学博士,著有一部《异性论》,第三篇是论女子的社会的位置之发达。在许多许多年的黑暗之后,到了希腊的雅典时代,才发现了一点光明,这乃是希腊名妓的兴起。这种女子在希腊称作赫泰拉(Hetaira),意思是说女友,大约是中国的鱼玄机薛涛一流的人物,有几个后来成了执政者的夫人。"因了她们的精炼优雅的举止,她们的颜色与姿媚,她们不但超越普通的那些外宅,而且还压倒希腊的主妇,因为主妇们缺少那优美的仪态,高等教育,与艺术的理解,而女友则有此优长,所以在短时期中使她们在公私生活上占有极大的势力。"哈耳波伦结论道:

"这样,欧洲妇女之精神的与艺术的教育因卖淫制度而始建立。赫泰拉的地位可以算是所谓妇女运动的起始。"这样说来,柯祖基的资本家真配得高兴,他们所提示的卖淫原来在文化史上有这样的意义。虽然这上边所说的光荣的营业乃是属于"非必要"的,独立的游女部类,与那徒弟制包工制的有点不同。们肯的话注解得好,"凡非必要的东西在世上常得尊重,有如宗教,时式服装,以及拉丁文法,"故非为糊口而是营业的卖淫自当有其尊严也。

总而言之,卖淫足以满足大欲,获得良缘,启发文化,实在是不可厚非的事业,若从别一方面看,她们似乎是给资本主义背了十字架,也可以说是为道受难,法国小说家路易菲立(Louis Philippe)称她们为可怜的小圣女,虔敬的也有道理。老实说,资本主义是神人共佑,万打不倒的,而有些诗人空想家又以为非打倒资本主义则妇女问题不能根本解决。夫资本主义既有万年有道之长,所有的办法自然只有讴歌过去,拥护现在,然则卖淫之可得而礼赞也盖彰彰然矣。无论雷横的老母怎样骂为"千人骑万人压乱人人的贼母狗",但在这个世界上,白玉乔所说的"歌舞吹弹普天下伏侍看官"总不失为最有效力最有价值的生活法。我想到书上有一句话道,"夫人,内掌柜,姨太太,校书等长短期的性的买卖,真是滔滔者天下皆是,"恐怕女同志们虽不赞成我的提示,也难提出抗议。我又记起友人传述劝卖男色的古歌,词虽粗鄙,亦有至理存焉,在现今什么都是买卖的世界,我们对于卖什么东西的能加以非难乎?日本歌人石川啄木不云乎:

"我所感到不便的,不仅是将一首歌写作一行这一件事情。但是我在现今能够如意的改革,可以如意的改革的,不过是这桌上的摆钟砚台墨水瓶的位置,以及歌的行款之类罢了。说起来,原是无可无不可的那些事情罢了。此外真是使我感到不便,感到苦痛的种种的东西,我岂不是连一个指头都不能触他一下么?不但如此,除却对了它们忍从屈服,继续的过那悲惨的二重生活以外,岂不是更没有别的生于此世的方法么?我自己也用了种种的话对于自己试为辩解,但是我的生活总是现在的家族制度,阶级制度,资本制度,知识买卖制度的牺牲。"(见《陀螺》)

二、哑巴礼赞

俗语云,"哑巴吃黄连",谓有苦说不出也。但又云,"黄连树下弹琴",则苦中作乐,亦是常有的事,哑巴虽苦于说不出话,盖亦自有其乐,或者且在吾辈有嘴巴人之上,未可知也。

普通把哑巴当作残废之一,与一足或无目等视,这是很不公平的事。哑巴的嘴既没有残,也没有废,他只是不说话罢了。说文云,"瘖,不能言病也。"就是照许君所说,不能言是一种病,但这并不是一种要紧的病,于嘴的大体用处没有多大损伤。查嘴的用处大约是这几种,(一)吃饭,(二)接吻,(三)说话。哑巴的嘴原是好好的,既不是缺少舌尖,也并不是上下唇连成一片,那么他如要吃喝,无论番菜或是"华餐",都可以尽量受用,决没有半点不便,所以哑巴于个人的荣卫上毫无障碍,这是可以断言的。至于接吻呢?既如上述可以自由饮啖的嘴,在这件工作当然也无问题,因为如荷兰威耳德(Van de Velde)医生在《圆满的结婚》第八章所说,接吻的种种大都以香味触三者为限,于声别无关系,可见哑巴不说话之绝不妨事了。归根结底,哑巴的所谓病还只是在"不能言"这一点上。据我看来,这实在也不关紧要。人类能言本来是多此一举,试看两间林林总总,一切有情,莫不自遂其生,各尽其性,何曾说一句话。古人云"猩猩能言,不离禽兽,鹦鹉能言,不离飞鸟"。可怜这些畜生,辛辛苦苦,学了几句人家的口头语,结果还是本来的鸟兽,多被圣人奚落一番,真是何苦来。从前四只眼睛的仓颉先生无中生有的造文字,害得好心的鬼哭了一夜,我怕最初类猿人里那一匹直着喉咙学说话的时候,说不定还着实引起了原始天尊的长叹了呢。人生营营所为何事,"饮食男女,人之大欲存焉,"既于大欲无亏,别的事岂不是就可以随便了么?中国处世哲学里很重要的一条是,多一事不如少一事,如哑巴者,可以说是能够少一事的了。

语云,"病从口入,祸从口出"。说话不但于人无益,反而有害,即此可见。一说话,话中即含有臧否,即是危险,这个年头儿。人不能老说"我爱你"等甜美的话,——况且仔细检查,我爱你即含有我不爱他或不许他爱你等意思,也可以成为祸根,哲人见客寒暄,但云"今天天气……哈哈哈!"不再加说明,良有以也,盖天气虽无知,唯说其好坏终不甚妥,故以一笑了之。往读杨恽报孙会宗书,但记其"种一顷豆,落而为萁"等语,心窃好之,却不知杨

公竟因此而腰斩,犹如湖南十五六岁的女学生们以读《落叶》(系郭沫若的,非徐志摩的《落叶》)而被枪决,同样的不可思议。然而这个世界就是这样不可思议的世界,其奈之何哉。几千年来受过这种经验的先民留下遗训曰,"明哲保身"。几十年来看惯这种情形的茶馆贴上标语曰,"莫谈国事"。吾家金人三缄其口,二千五百年来为世楷模,声闻弗替。若哑巴者岂非今之金人欤?

常人以能言为能,但亦有因装哑巴而得名者,并且上下古今这样的人并不很多,即此可知哑巴之难能可贵了。第一个就是那鼎鼎大名的息夫人。她以倾国倾城的容貌,作了两任王后,她替楚王生了两个儿子,可是没有对楚王说一句话。喜欢和死了的古代美人吊膀子的中国文人于是大作特作其诗,有的说她好,有的说她坏,各自发挥他们的臭美,然而息夫人的名声也就因此大起来了。老实说,这实是妇女生活的一场悲剧,不但是一时一地一人的事情,差不多就可以说是妇女全体的运命的象征。易卜生所作《玩物之家》一剧中女主人公娜拉说,她想不到自己竟替漠不相识的男子生了两个子女,这正是息夫人的运命,其实也何尝不就是资本主义下的一切妇女的运命呢。还有一位不说话的,是汉末隐士姓焦名先的便是。吾乡金古良作《无双谱》,把这位隐士收在里面,还有一首赞题得好:

"孑然独处,绝口不语,默隐以终,笑杀狐鼠。"

并且据说"以此终身,至百余岁",则是装了哑巴,既成高士之名,又享长寿之福,哑巴之可赞美盖彰彰然明矣。

世道衰微,人心不古,现今哑巴也居然装手势说起话来了。不过这在黑暗中还是不能用,不能说话。孔子曰,"邦无道,危行言逊。"哑巴其犹行古之道也欤。

一九二九年十一月十三日,北平

三、麻醉礼赞

麻醉,这是人类所独有的文明。书上虽然说,斑鸠食桑葚则醉,或云,猫食薄荷则醉,但这都是偶然的事,好像是人错吃了笑菌,笑的个一塌胡涂,并

不是成心去吃了好玩的。成心去找麻醉,是我们万物之灵的一种特色,假如没有这个,人之所以异于禽兽者几希了。

麻醉有种种的方法。在中国最普通的一种是抽大烟。西洋听说也有文人爱好这件东西,一位散文家的杰作便是烟盘旁边的回忆,另一诗人的一篇《忽必烈汗》的诗也是从芙蓉城的醉梦中得来的。中国人的抽大烟则是平民化的,并不为某一阶级所专享,大家一样的吱吱的抽吸,共享麻醉的洪福,是一件值得称扬的事。鸦片的趣味何在,我因为没有入过黑籍,不能知道,但总是麻苏苏的很有趣吧。我曾见一位烟户,穷的可以,真不愧为鹑衣百结,但头戴一顶瓜皮帽,前面顶边烧成一个大窟窿,乃是沉醉时把头屈下去在灯上烧去的,于此即可想见其陶然之状态了。近代传闻孙馨帅有一队烟兵,在烟瘾抽足的时候冲锋最为得力,则已失了麻醉的意义,至少在我以为总是不足为训的了。

中国古已有之的国粹的麻醉法,大约可以说是饮酒。刘伶的"死便埋我",可以算是最彻底了,陶渊明的诗也总是三句不离酒,如云"拨置且莫念,一觞聊可挥",又云,"天运苟如此,且进杯中物,"又云,"中觞纵遥情,忘彼千载忧,且极今朝乐,明日非所求,"都是很好的例。酒,我是颇喜欢的,不过曾经声明过,殊不甚了解陶然之趣,只是乱喝一番罢了。但是在别人的确有麻醉的力量,它能引人着胜地,就是所谓童话之国土。我有两个族叔,尤是这样幸福的国土里的住民。有一回冬夜,他们沉醉回来,走过一乘吾乡所很多的石桥,哥哥刚一抬脚,棉鞋掉了,兄弟给他在地上乱摸,说道,"哥哥棉鞋有了。"用脚一踹,却又没有,哥哥道,"兄弟,棉鞋汪的一声又不见了!"原来这乃是一只黑小狗,被兄弟当作棉鞋捧了来了。我们听了或者要笑,但他们那时神圣的乐趣我辈外人那里能知道呢? 的确,黑狗当棉鞋的世界于我们真是太远了,我们将棉鞋当棉鞋,自己说是清醒,其实却是极大的不幸,何为可惜十二文钱,不买一提黄汤,灌得倒醉以入此乐土乎。

信仰与梦,恋爱与死,也都是上好的麻醉。能够相信宗教或主义,能够作梦,乃是不可多得的幸福的性质,不是人人所能获得。恋爱要算是最好了,无论何人都有此可能,而且犹如采补求道,一举两得,尤为可喜,不过此事至难,第一须有对手,不比别的只要一灯一盏即可过瘾,所以即使不说是奢侈,至少也总是一种费事的麻醉吧。至于失恋以至反目,事属寻常,正如酒徒呕吐,烟客脾泄,不足为病,所当从头承认者也。末后说到死。死这东西,有些人以为还好,有些人以为很坏,但如当作麻醉品去看时,这似乎倒也不坏。依壁鸠鲁说过,死不足怕,因为死与我辈没有关系,我们在时尚未有死,死来时我们已没有了。快乐派是相信原子说的,这种唯物的说法可以消除死的恐怖,但由我们看来,死又何尝不是一种快乐,麻醉的使我们没有,这样乐趣恐非醇酒妇人所可比拟的吧?所难者是怎样才能如此麻醉,快乐?这个我想是另一个问题,不是我们现在所要谈论的了。

　　醉生梦死,这大约是人生最上的生活法吧?然而也有人不愿意这样。普通外科手术总用全身或局部的麻醉,唯偶有英雄独破此例,如关云长刮骨疗毒,为世人所佩服,固其宜也。盖世间所有唯辱与苦,茹苦忍辱,斯乃得度。画廊派哲人(Stoics)之勇于自杀,自成宗派,若彼得洛纽思(Petroncus),听歌饮酒,切脉以死,虽稍贵族的,故自可喜。达拉思布耳巴(Taras Bulba)长子为敌所获,毒刑致死,临死曰,父亲,你都看见么?达拉思匿观众中大呼曰,"儿子,我都看见!"此则哥萨克之勇士,北方之强也。此等人对于人生细细尝味,如啜苦酒,一点都不含胡,其艰苦卓绝盖不可及,但是我们凡人也就无从追踪了。话又说了回来,我们的生活恐怕还是醉生梦死最好吧。——所苦者我只会喝几口酒,而又不能麻醉,还是清醒的都看见听见,又无力高声大喊,此乃是凡人之悲哀,实为无可如何者耳。

一九二九年十一月三十日

中年

虽然四川开县有二百五十岁的胡老人,普通还只是说人生百年。

其实这也还是最大的整数,若是人民平均有四五十岁的寿,那已经可以登入祥瑞志,说什么寿星见了。我们乡间称三十六岁为本寿,这时候死了,虽不能说寿考,也就不是夭折。这种说法我觉得颇有意思。日本兼好法师曾说,"即使长命,在四十以内死了最为得体,"虽然未免性急一点,却也有几分道理。

孔子曰,"四十而不惑。"吾友某君则云,人到了四十岁便可以枪毙。两样相反的话,实在原是盾的两面。合而言之,若曰,四十可以不惑,但也可以不不惑,那么,那时就是枪毙了也不足惜云尔。平常中年以后的人大抵胡涂荒谬的多,正如兼好法师所说,过了这个年纪,便将忘记自己的老丑。想在人群中胡混,执著人生,私欲益深,人情物理都不复了解,"至可叹息"是也。不过因为怕献老丑,便想得体的死掉,那也似乎可以不必。为什么呢?假如能够知道这些事情,就很有不惑的希望,让他多活几年也不碍事。所以在原则上我虽赞成兼好法师的话,但觉得实际上还可稍加斟酌,这倒未必全是为自己道地,想大家都可见谅的吧。

我决不敢相信自己是不惑,虽然岁月是过了不惑之年好

久了,但是我总想努力不至于不惑,不要人情物理都不了解。本来人生是一贯的,其中却分几个段落,如童年、少年、中年、老年,各有意义,都不容空过。譬如少年时代是浪漫的,中年是理智的时代,到了老年差不多可以说是待死堂的生活吧。然而中国凡事是颠倒错乱的,往往少年老成,摆出道学家超人志士的模样,中年以来重新来秋冬行春令,大讲其恋爱等等,这样的跟着青年跑,或者可以免于落伍之讥,实在犹如将昼作夜,"拽直照原",只落得不见日光而见月亮,未始没有好些危险。我想最好还是顺其自然,六十过后虽不必急作寿衣,唯一只脚确已踏在坟里,亦无庸再去讲斯坦那赫博士结扎生殖腺了,至于恋爱则在中年以前应该毕业,以后便可应用经验与理性去观察人情与物理,即使在市街战斗或示威运动的队伍里少了一个人,实在也有益无损,因为后起的青年自然会去补充(这里说假如少年不是都老成化了,不在那里作各种八股),而别一队伍里也就多了一个人,有如退伍兵去研究动物学,反正于参谋本部的作战计划并无什么妨害的。

　　话虽如此,在这个当儿要使它不发生乱调,实在是不大容易的事。世间称四十左右曰危险时期,对于名利,特别是色,时常露出好些丑态,这是人类的弱点,原也有可以容忍的地方。但是可容忍与可佩服是绝不相同的事情,尤其是无惭愧的,得意似的那样作,还仿佛是我们的模范似的那样作,那么容忍也还是我们从数十年的世故中来最大的应许,若鼓吹护持似乎可以无须了吧。我们少年时浪漫的崇拜好许多英雄,到了中年再一回顾,那些旧日的英雄,无论是道学家或超人志士,此时也都是老年中年了,差不多尽数的不是显出泥脸便即露出羊脚,给我们一个不客气的幻灭。这有什么办法呢?自然太太的计划谁也难违拗它。风水与流年也好,遗传与环境也好,总之是说明这个的可怕。这样说来,得体的活着这件事或者比得体的死要难的多,假如我们过了四十却还能平凡地生活,虽不见得怎么得体,也不至于怎样出丑,这实在要算是侥天之幸,不能不知所感谢了。

　　人是动物,这一句老实话,自人类发生以至地球毁灭,永久是实实在在的,但在我们人类则须经过相当年龄才能明白承认。所谓动物,可以含有科学家一视同仁的"生物"与儒教徒骂人的"禽兽"这两种意思,所以对于这一句话人们也可以有两样态度。其一,以为既同禽兽,便异圣贤,因感不满,以至悲观。其二,呼铲曰铲,本无不当,听之可也。我可以说就是这样的想,但是附加一点,有时要去纵核名实言行,加以批评。本来棘皮动物不会肤如凝脂,怒毛上指栋的猫不打着呼噜,原是一定的理,毋庸怎么考核,无如人这动

物是会说话的,可以自称:什么家或主唱某主义等,这都是别的众生所没有的。我们如有闲一点儿,免不得要注意及此。譬如普通男女私情我们可以不管,但如见一个社会栋梁高谈女权或社会改革,却照例纳妾等等,那有如无产首领浸在高贵的温泉里命令大众冲锋,未免可笑,觉得这动物有点变质了。我想文明社会上道德的管束应该很宽,但应该要求诚实,言行不一致是一种大欺诈,大家应该留心不要上当。我想,我们与其伪善还不如真恶,真恶还是要负责任,冒危险。

我这些意思恐怕都很有老朽的气味,这也是没有法的事情。年纪一年年的增多,有如走路一站站的过去,所见既多,对于从前的意见自然多少要加以修改。这是得呢失呢,我不能说。不过,走着路专为贪看人物风景,不复去访求奇遇,所以或者比较的看的平静仔细一点也未可知。然而这又怎么能够自信呢?

一九三〇年三月

论八股文

我查考中国许多大学的国文学系的课程,看出一个同样的极大的缺陷,便是没有正式的八股文的讲义。我曾经对好几个朋友提议过,大学里——至少是北京大学应该正式的"读经",把儒教的重要的经典,例如易,诗,书,一部部的来讲读,照在现代科学知识的日光里,用言语历史学来解释它的意义,用"社会人类学"来阐明它的本相,看它到底是什么东西,此其一。在现今大家高呼伦理化的时代,固然也未必会有人胆敢出来提倡打倒圣经,即使当日真有"废孔庙罢其祀"的呼声,他们如没有先去好好的读一番经,那么也还是白呼的。我的第二个提议即是应该大讲其八股,因为八股是中国文学史上承先启后的一个大关键,假如想要研究或了解本国文学而不先明白八股文这东西,结果将一无所得,既不能通旧的传统之极致,亦遂不能知新的反动之起源。所以,除在文学史大纲上公平地讲过之外,在本科二三年应礼聘专家讲授八股文,每周至少两小时,定为必修科,凡此课考试不及格者不得毕业。这在我是十二分的诚实的提议,但是,呜呼哀哉,朋友们似乎也以为我是以讽刺为业,都认作一种玩笑的话,没有一个肯接受这个条陈。固然,人选困难的确也是一个重要的原因,精通八股的人现在已经不大多了,这些人又未必都适于或肯教,只有夏曾佑先生听说曾有此意,然而可惜这位先觉早已归了道山了。

八股文的价值却决不因这些事情而跌落。它永久是中国文学——不，简直可以大胆一点说中国文化的结晶，无论现在有没有人承认这个事实，这总是不可遮掩的明白的事实。八股算是已经死了，不过，它正如童话里的妖怪，被英雄剁作几块，它老人家整个是不活了，那一块一块的却都活着，从那妖形妖势上面看来，可以证明老妖的不死。我们先从汉字看起。汉字这东西与天下的一切文字不同，连日本朝鲜在内：它有所谓六书，所以有象形会意，有偏旁；有所谓四声，所以有平仄。从这里，必然的生出好些文章上的把戏。有如对联，"云中雁"对"鸟枪打"这种对法，西洋人大抵还能了解，至于红可以对绿而不可以对黄，则非黄帝子孙恐怕难以懂得了。有如灯谜，诗钟。再上去，有如律诗，骈文，已由文字的游戏而进于正宗的文学。自韩退之文起八代之衰，化骈为散之后，骈文似乎已交末运，然而不然：八股文生于宋，至明而少长，至清而大成，实行散文的骈文化，结果造成一种比六朝的骈文还要圆熟的散文诗，真令人有观止之叹。而且破题的作法差不多就是灯谜，至于有些"无情搭"显然须应用诗钟的手法才能奏效，所以八股不但是集合古今骈散的菁华，凡是从汉字的特别性质演出的一切微妙的游艺也都包括在内，所以我们说它是中国文学的结晶，实在是没有一丝一毫的虚价。民国初年的文学革命，据我的解释，也原是对于八股文化的一个反动，世上许多褒贬都不免有点误解，假如想了解这个运动的意义而不先明了八股是什么东西，那犹如不知道清朝历史的人想懂辛亥革命的意义，完全是不可能的了。

其次，我们来看一看八股里的音乐的分子。不幸我于音乐是绝对的门外汉，就是顶好的音乐我听了也只是不讨厌罢了，全然不懂它的好处在那里，但是我知道，中国国民酷好音乐，八股文里含有重量的音乐分子，知道了这两点，在现今的谈论里也就勉强可以对付了。我常想中国人是音乐的国民，虽然这些音乐在我个人偏偏是不甚喜欢的。中国人的戏迷是实在的事，他们不但在戏园子里迷，就是平常一个人走夜路，觉得有点害怕，或是闲着无事的时候，便不知不觉高声朗诵出来，是《空城计》的一节呢，还是《四郎探母》，因为是外行我不知道，但总之是唱着什么就是。昆曲的句子已经不大高明，皮黄更是不行，几乎是"八部书外"的东西，然而中国的士大夫也乐此不疲，虽然他们如默读脚本，也一定要大叫不通不止，等到在台上一发声，把这些不通的话拉长了，加上丝弦家伙，他们便觉得滋滋有味，颠头摇腿，至于忘形：我想，这未必是中国的歌唱特别微妙，实在只是中国人特别嗜好节调吧。从这里我就联想到中国人的读诗，读古文，尤其是读八股的上面去。他们读这些文章时的那副情形大家想必还记得，摇头摆脑，简直和听梅畹华先生唱戏时差不多，有人见了要诧异的问，哼一篇烂如泥的烂时文，何至于如此快乐呢？我知道，他是麻醉于音乐里哩。他读到这一出股："天地乃宇宙之乾坤，吾心实中怀之在抱，久矣夫千百年来已非一日矣，溯往事以迫维，曷勿考记载而诵诗书之典要，"耳朵里只听得自己的琅琅的音调，便有如置身戏馆，完全忘记了这些狗屁不通的文句，只是在抑扬顿挫的歌声中间三魂渺渺七魄茫茫的陶醉着了（说到陶醉，我很怀疑这与抽大烟的快乐有点相近，只可惜现在还没有充分的材料可以证明）。再从反面说来，作八股文的方法也纯粹是音乐的。它的第一步自然是认题，用作灯谜诗钟以及喜庆对联等法，检点应用的材料，随后是选谱，即选定合宜的套数，按谱填词，这是极重要的一点。从前有一个族叔，文理清通，而屡试不售，遂发愤用功，每晚坐高楼上朗读文章（《小题正鹄》？），半年后应府县考皆列前茅，次年春间即进了秀才。这个很好的例可以证明八股是文义轻而声调重，作文的秘诀是熟记好些名家旧谱，临时照填，且填且歌，跟了上句的气势，下句的调子自然出来，把适宜的平仄字填上去，便可成为上好时文了。中国人无论写什么都要一面吟哦着，也是这个缘故，虽然所作的不是八股，读书时也是如此，甚至读家信或报章也非朗诵不可，于此更可以想见这种情形之普遍了。

其次，我们再来一谈中国的奴隶性罢。几千年来的专制养成很顽固的服从与模仿根性，结果是弄得自己没有思想，没有话说，非等候上头的盼咐不能有所行动，这是一般的现象，而八股文就是这个现象的代表。前清末年有过一个笑话，有洋人到总理衙门去，出来了七八个红顶花翎的大官，大家没有话可讲，洋人开言道，"今天天气好。"首席的大声答道，"好。"其余的红顶花翎接连地大声答道好好好……，其声如狗叫云。这个把戏，是中国作官以及处世的妙诀，在文章上叫作"代圣贤立言"，又可以称作"赋得"，换句话就是奉命说话。作"制艺"的人奉到题目，遵守"功令"，在应该说什么与怎样说的范围之内，尽力地显出本领来，显得好时便是"中式"，就是新贵人的举人进士了。我们不能轻易的笑前清的老腐败的文物制度，它的精神在科举废止后在不曾见过八股的人们的心里还是活着。吴稚晖公说过，中国有土八股，有洋八股，有党八股，我们在这里觉得未可以人废言。在这些八股作着的时候，大家还只是旧日的士大夫，虽然身上穿着洋服，嘴里咬着雪茄。要想打破一点这样的空气，反省是最有用的方法，赶紧去查考祖先的窗稿，拿来与自己的大作比较一下,看看土八股究竟死绝了没有,是不是死了之后还是夺舍投胎的复活在我们自己的心里。这种事情恐怕是不大愉快的,有些人或者要感到苦痛,有如洗刮身上的一个大疔疮。这个,我想也可以各人随便,反正我并不相信统一思想的理论,假如有人怕感到幻灭之悲哀,那么让他仍旧把膏药贴上也并没有什么不可吧。

　　总之我是想来提倡八股文之研究,纲领只此一句,其余的说明可以算是多余的废话,其次,我的提议也并不完全是反话或讽刺,虽然说的那么的不规矩相。

一九三〇年五月

关于命运

我近来很有点相信命运。那么难道我竟去请教某法师某星士,要他指点我的流年或终身的吉凶么?那也未必。这些要知道我自己都可以知道,因为知道自己应该无过于自己。我相信命运,所凭的不是吾家易经神课,却是人家的科学术数。我说命,这就是个人的先天的质地,今云遗传。我说运,是后天的影响,今云环境。二者相乘的结果就是数,这个字读如数学之数,并非虚无飘渺的话,是实实在在的一个数目,有如从甲乙两个已知数作出来的答案,虽曰未知数而实乃是定数也。要查这个定数须要一本对数表,这就是历史。好几年前我就劝人关门读史,觉得比读经还要紧还有用,因为经至多不过是一套准提咒罢了,史却是一座孽镜台,他能给我们照出前因后果来也。我自己读过一部《纲鉴易知录》,觉得得益匪浅,此外还有《明季南北略》和《明季稗史汇编》,这些也是必读之书,近时印行的《南明野史》可以加在上面,盖因现在情形很像明季也。

日本永井荷风著《江户艺术论》十章,其《浮世绘之鉴赏》第五节论日本与比利时美术的比较,有云:

"我反省自己是什么呢,我非威耳哈伦(Verhaeren)似的比利时人而是日本人也,生来就和他们的运命及境遇迥异的东洋人也。恋爱的至情不必说了,凡对于异性之性欲的感觉悉

视为最大的罪恶,我辈即奉戴着此法制者也。承受'胜不过啼哭的小孩和地主'的教训的人类也,知道'说话则唇寒'的国民也。使威耳哈仑感奋的那滴着鲜血的肥羊肉与芳醇的蒲桃酒与强壮的妇女的绘画,都于我有什么用呢。呜呼,我爱浮世绘。苦海十年为亲卖身的游女的绘姿使我泣。凭倚竹窗茫然看着流水的艺妓的姿态使我喜。卖宵夜面的纸灯寂寞的停留的河边的夜景使我醉。雨夜啼月的杜鹃,阵雨中散落的秋天木叶,落花飘风的钟声,途中日暮的山路的雪,凡是无常无告无望的,使人无端嗟叹此世只是一梦的,这样的一切东西,于我都是可亲,于我都是可怀。"又第三节中论江户时代木板画的悲哀的色彩云:

"这暗示出那样暗黑时代的恐怖与悲哀与疲劳,在这一点上我觉得正如闻娼妇啜泣的微声,深不能忘记那悲苦无告的色调。我与现社会相接触,常见强者之极其强暴而感到义愤的时候,想起这无告的色彩之美,因了潜存的哀诉的旋律而将暗黑的过去再现出来,我忽然了解东洋固有的专制的精神之为何,深悟空言正义之不免为愚了。希腊美术发生于以亚坡隆为神的国土,浮世绘则由与虫豸同样的平民之手制作于日光晒不到的小胡同的杂院里。现在虽云时代全已变革,要之只是外观罢了。若以合理的眼光一看破其外皮,则武断政治的精神与百年以前毫无所异。江户木板画之悲哀的色彩至今全无时间的间隔,深深沁入我们的胸底,常传亲密的私语者,盖非偶然也。"荷风写此文时在大正二年(一九一三)正月,已发如此慨叹,二十年后的今日不知更怎么说,近几年的政局正是明治维新的平反,"幕府"复活,不过是一阶级而非一家系的,岂非建久以来七百余年的征夷大将军的威力太大,六十年的尊王攘夷的努力丝毫不能动摇,反而自己没落了么?以上是日本的好例。

我们中国又如何呢?我说现今很像明末,虽然有些热心的文人学士听了要不高兴,其实是无可讳言的。我们且不谈那建夷,流寇,方镇,宦官以及饥荒等,只说八股和党社这两件事罢。清许善长著《碧声吟馆谈麈》卷四有论八股一则,中有云:"功令以时文取士,不得不为时文。代圣贤立言,未始不是,然就题作文,各肖口吻,正如优孟衣冠,于此而欲徵其品行,觇其经济,真隔膜矣。卢抱经学士云,时文验其所学而非所以为学也,自是通论。至景范之言曰,秦坑儒不过四百,八股坑人极于天下后世,则深恶而痛疾之也。明末东林党祸惨酷尤烈,竟谓天子可欺,九庙可毁,神州可陆沉,而门户体面决不可失,终至于亡国败家而不悔,虽曰气运使然,究不知是何居心也。"明

季士大夫结党以讲道学，结社以作八股，举世推重，却不知其于国家有何用处，如许氏说则其为害反是很大。明张岱的意见与许氏同，其《与李砚翁书》云：

"夫东林自顾泾阳讲学以来，以此名目祸我国家者八九十年，以其党升沉用占世数兴败，其党盛则为终南之捷径，其党败则为元祐之党碑，风波水火，龙战于野，其血玄黄，朋党之祸与国家相为终始。盖东林首事者实多君子，窜入者不无小人，拥戴者皆为小人，招来者亦有君子。……东林之中，其庸庸碌碌者不必置论，如贪婪强横之王图，奸险凶暴之李三才，闯贼首辅之项煜，上笺劝进之周钟，以至窜人东林，乃欲俱奉之以君子，则吾臂可断决不敢徇情也。东林之尤可丑者，时敏之降闯贼曰，吾东林时敏也，以冀大用。鲁王监国，蕞尔小朝廷，科道任孔当辈犹曰，非东林不可进用，则是东林二字直与蕞尔鲁国及汝偕亡者。"明朝的事归到明朝去，我们本来可以不管，可是天下事没有这样如意，有些痴颠恶疾都要遗传，而恶与癖似亦不在例外，我们毕竟是明朝人的子孙，这笔旧账未能一笔勾消也。——虽然我可以声明，自明正德时始迁祖起至于现今，吾家不曾在政治文学上有过什么作为，不过民族的老账我也不想赖，所以所有一切好坏事情仍然担负四百兆分之一。

我们现在且说写文章的。代圣贤立言，就题作文，各肖口吻，正如优孟衣冠，是八股时文的特色，现今有多少人不是这样的？功令以时文取士，岂非即文艺政策之一面，而又一面即是文章报国乎？读经是中国固有的老嗜好，却也并不与新人不相容，不读这一经也该读别一经的。近来听说有单骂人家读《庄子》《文选》的，这必有甚深奥义，假如不是对人非对事。这种事情说起来很长，好像是专找拿笔杆的开玩笑，其实只是借来作个举一反三的例罢了。万物都逃不脱命运。我们在报纸上常看见枪毙毒犯的新闻，有些还高兴去附加一个照相的插图。毒贩之死于厚利是容易明了的，至于再吸犯便很难懂，他们何至于爱白面过于生命呢？第一，中国人大约特别有一种麻醉享受性，即俗云嗜好。第二，中国人富的闲的无聊，穷的苦得不堪，以麻醉消遣。有友好之劝酬，有贩卖之便利，以麻醉玩弄。卫生不良，多生病痛，医药不备，无法治疗，以麻醉救急。如是乃上瘾，法宽则蔓延，法严则骈诛矣。此事为外国或别的殖民地所无，正以此种癖性与环境亦非别处所有耳。我说麻醉享受性，殊有杜撰生造之嫌，此正亦难免，但非全无根据，如古来的念咒画符读经惜字唱皮黄作八股叫口号贴标语皆是也，或以意，或以字画，或以声音，均是自己麻醉，而以药剂则是他力麻醉耳。考虑中国的现在与将来

中国20世纪名家散文经典

的人士必须要对于他这可怕的命运知道畏而不惧，不讳言，敢正视，处处努力要抓住它的尾巴而不为所缠绕住，才能获得明智，死生吉凶全能了知，然而此事大难，真真大难也。

我们没有这样本领的只好消极的努力，随时反省，不能减轻也总不要去增长累世的恶业，以水为鉴，不到政治文学坛上去跳旧式的戏，庶几下可对得起子孙，虽然对于祖先未免少不肖，然而如孟德斯鸠临终所言，吾力之微正如帝力之大，无论怎么挣扎不知究有何用？日本佚名的一句小诗云：

虫呵虫呵，难道你叫着，"业"便会尽了么？

一九三五年四月

中国 20 世纪名家散文经典

《我的杂学》结语

　　我写这篇文章本来全是出于偶然。从《儒林外史》里看到杂览杂学的名称，觉得很好玩，起手写了那首小引，随后又加添三节，作为第一份，在杂志上发表了。可是自己没有什么兴趣，不想再写下去了，然而既已发表，被催着要续稿，又不好不写，勉强执笔，有如秀才应岁考似的，把肚里所有的几百字凑起来缴卷，也就可以应付了过去了罢。这真是成了鸡肋，弃之并不可惜，食之无味那是毫无问题的。这些杂乱的事情，要怎样安排的有次序。叙述的详略适中，固然不大容易，而且写的时候没有兴趣，所以更写不好，更是枯燥，草率。我最怕这成为自画自赞。骂犹自可，赞不得当乃尤不好过，何况自赞乎。因为竭力想避免这个，所以有些地方觉得写的不免太简略，这也是无可如何的事，但或者比多话还好一点亦未可知。总结起来看过一遍，把我杂览的大概简略的说了，还没有什么自己夸赞的地方，要说句好话，只能批八个字云，国文粗通，常识略具而已。我从古今中外各方面都受到各种影响，分析起来，大旨如上边说过，在知与情两面分别承受西洋与日本的影响为多，意的方面则纯是中国的，不但未受外来感化而发生变动，还一直以此为标准，去酌量容纳异国的影响。这个我向来称之曰儒家精神，虽然似乎有点笼统，与汉以后尤其是宋以后的儒教显有不同，但为得表示中国人所有的以生之意志为根本

的那种人生观,利用这个名称殆无不可。我想神农大禹的传说就从这里发生,积极方面有墨子与商韩两路,消极方面有庄杨一路,孔孟站在中间,想要适宜的进行,这平凡而难实现的理想我觉得很有意思,以前屡次自号儒家者即由于此。佛教以异域宗教而能于中国思想上占很大的势力,固然自有其许多原因,如好谈玄的时代与道书同尊,讲理学的时候给儒生作参考,但是其大乘的思想之入世的精神与儒家相似,而且更为深彻,这原因恐怕要算是最大的吧。这个主意既是确定的,外边加上去的东西自然就只在附属的地位,使他更强化与高深化,却未必能变化其方向。我自己觉得便是这么一个顽固的人,我的杂学的大部分实在都是我随身的附属品,有如手表眼镜及草帽,或是吃下去的滋养品如牛奶糖之类,有这些帮助使我更舒服与健全,却并不曾把我变成高鼻深目以至有牛的气味。我也知道这偏爱儒家中庸是由于癖好,这里又缺少一点热与动,也承认是美中不足。儒家不曾说"怎么办",像犹太人和斯拉夫人那样,便是证据。我看各民族古圣的画像也觉得很有意味,犹太的眼向着上是在祈祷,印度的伸手待接引众生,中国则常是叉手或拱着手。我说儒家总是从大禹讲起,即因为他实行道义之事功化,是实现儒家理想的人。近来我曾说,中国现今紧要的事有两件,一是伦理之自然化,二是道义之事功化。前者是根据现代人类的知识调整中国固有的思想,后者是实践自己所有的理想适应中国现在的需要,都是必要的事。此即是我杂学之归结点,以前种种说话,无论怎么的直说曲说,正说反说,归根结底的意见还只在此,就只是表现得不充足,恐怕读者一时抓不住要领,所以在这里赘说一句。我平常不喜欢拉长了面孔说话,这回无端写了两万多字,正经也就枯燥仿佛招供似的文章,自己觉得不但不满而且也无谓。这样一个思想径路的简略地图,我想只足供给要攻击我的人,知悉我的据点所在,用作进攻的参考与准备,若是对于我的友人这大概是没有什么用处的。写到这里,我忽然想到,这篇文章的题目应该题作"愚人的自白"才好,只可惜前文已经发表,来不及再改正了。

一九四三年七月五日